「あなたは今日から
わたくしのものよ」
あなたを死なせないために、
わたくしはあなたを買うわ。

Characters
ディミアン（本名：???）
乙女ゲームの特殊攻略対象。
ゲームの一周目で死んでしまう魔王様。
ヴィヴィアン・ランドロー
主人公が転生した
乙女ゲームの悪役令嬢。
“推し”魔王様のバッドエンド回避を決意。

エドワード・ルノ＝シャトリエ
乙女ゲームの攻略対象である、王太子。
ゲームではヴィヴィアンの婚約者だった。
クローデット・バスチエ
乙女ゲームの主人公である、伯爵令嬢。
ゲームの一周目で
魔王様を殺す聖女。
ルシアン・ランドロー
乙女ゲームの攻略対象である、
公爵令息。ヴィヴィアンの兄。
アンジュ・ガネル
攻略対象の婚約者となる公爵令嬢。
ヴィヴィアンの友人。

Contents

推し魔王様の
バッドエンドを回避するために、
本人を買うことにした

早瀬黒絵

Illust. 鈴ノ助

第一章……悪役令嬢と奴隷魔王

癖《くせ》のある白銀の長い髪に、黄金色の瞳、褐色《かっしょく》の肌。

美しく整った顔立ちには表情と呼べるものがなかった。

……それでも、生きている。

こうして推しが生きていてくれることが嬉しかった。

床に膝をつき、俯《うつむ》いている彼に近づく。

ピクリとも反応しない彼に手を差し出した。

「わたくしの名前はヴィヴィアン・ランドロー」

顔を上げた彼の手を摑《つか》んで立ち上がらせる。

彼はきっと人間を憎んでいるだろう。怒り、悲しみ、嘆《なげ》き、どうしようもない状況で足掻《あが》くことも出来ず、苦しみを感じないために心を閉ざす。そうすれば、少なくとも苦痛は和《やわ》らぐから。

でも、彼にそんな思いはもうさせない。

「あなたは今日からわたくしのものよ」

あなたを死なせないために、わたくしはあなたを買うわ。

＊　＊　＊　＊　＊

「お嬢様、廊下《ろうか》を走ってはいけません！」

後ろから追いかけてくる侍女《じじょ》の声にわたくしは笑う。

でも、走ってしまうのは仕方がない。

ここ半年ほどお兄様は領地に行っていて、ようやく、今日帰ってくるのだ。

お兄様が到着したと聞いてわたくしは部屋を飛び出した。

玄関へ向かって走っていると、角を曲がったところでドンと何かにぶつかり、弾かれて体が後ろへ倒れる。

そのままゴツンと頭を床に打ちつけた。

……凄《すご》く痛いわ……!!

頭を抱えていると侍女が駆け寄ってくる。

「お嬢様……!!」

そっと体を起こされ、押さえている後頭部に侍女が触れて、傷がないかを確かめる。

ズキズキと痛む後頭部に泣きそうになりながら顔を上げれば、そこにはずっと会いたくてしかたなかったお兄様が立っていた。

お兄様は立ったままわたくしを見下ろしている。

その、妹に向けるにはどこか冷ややかな眼差《まなざ》しと目が合って、頭がズキリと痛んだ。

視界がザラザラとした白とも灰色とも言えないものに包まれ、頭の中におかしな光景が一気に流れ込む。

見たこともない世界、不思議なものばかりに囲まれた、この屋敷よりもずっと小さな建物の一室に黒髪の若い女性がいた。狭く薄暗い部屋にベッドや机など、生活に必要そうなものが詰め込まれており、ベッドに寝転がった女性が明るく光る小さな四角いものを見て楽しそうに笑っている。

「ああ〜、やっと出た！　ディミアン様、やっぱりかっこいい〜!!」

その小さな四角いものには人の姿が映されていた。

それから、様々な景色が勢いよく流れていく。

この女性をわたくしは見たことがあった。

懐かしさすら感じて、でも、わたくしはこの女性に会ったことなんてないはずで、頭が混乱する。

……わたくしは……わたしは誰……？

……いいえ、わたくしはわたくしですわ！

……でも、この女性は多分、わたくしで……？

「——……ま、うさま……お嬢様!!」

声が聞こえてきてハッと我に返ると景色が消えた。

わたくしはお兄様を見つめたまま意識を飛ばしていたらしい。

お兄様が心配そうな様子でわたくしのそばに片膝をつく。

「すまない、僕がきちんと前を見ていれば……大丈夫かい？」

お兄様の手がわたくしの頬《ほお》に触れる。

その瞬間、バチリと視界が弾けて思い出した。

金髪に紅い瞳を持つ、公爵令息ルシアン・ランドロー。

わたくしが遊んでいた女性向け乙女《おとめ》ゲーム『クローデット』の中に登場する、主人公が恋愛出来るキャラクター、攻略対象の一人である。

乙女ゲーム『クローデット』は伯爵令嬢クローデット・バスチエが主人公の選択肢《せんたくし》によって各攻略対象と恋愛をして物語を楽しめるノベル形式のゲームだ。

攻略対象は全部で七名。

王太子、エドワード・ルノ＝シャトリエ。

公爵令息、ルシアン・ランドロー。

近衛《このえ》騎士、ギルバート・マクスウェル。

聖騎士、フランシス・パターソン。

聖騎士でフランシスの弟、アレン・パターソン。

暗殺者、イヴォン。

大筋の物語は同じであるが、その中で、各キャラクターを選択し、あとは物語を楽しみながら更に選択肢を選んでいき、キャラクターの好感度を上げていくと結末が変わるというものだ。

結末はノーマル、ハッピー、バッドの三種類で、キャラクターの好感度によってエンドが決まる。

そして、わたくしが一番好きだったのは特殊攻略キャラ——……つまり隠しキャラの魔王・ディミアンだった。

ディミアンは、ルシアン・ランドローを一度攻略していないと選択肢が現れない特殊なキャラで、最初に遊ぶとどう頑張っても攻略出来ないキャラクターだった。

視界が戻るとお兄様——……ルシアン・ランドローがいる。

そう、わたくしはルシアン・ランドローの妹で、物語中では王太子の婚約者でもある、ヴィヴィアン・ランドローだった。王太子エドワードとお兄様を選ぶと悪役として出てくるキャラで、二人のどちらかを選択して物語が進むと聖女となったクローデットに嫉妬《しっと》して殺そうとする、苛烈《かれつ》な性格の令嬢だ。

何より悲しいのは、一周目では魔族との戦いの後に魔王を殺す選択肢しかないのと、お兄様は妹のヴィヴィアンに実は無関心であること。

わたくしの推しは死ぬし、お兄様にも愛されていない。クローデットがエドワードを選べば、わたくしはクローデットを虐《しいた》げ、殺そうとして、修道院に入れられる。

……そんなのあんまりだわ。

わたくしはお兄様もお父様もお母様も愛しているのに。

「ああ、顔に怪我《けが》はないみたいだね。でも頭を打ったようだから、今日はもう休んだほうがいいよ」

こんなに優しく微笑《ほほえ》んでいるのに、目が笑っていない。

悲しくて、寂しくて、つらくて、衝撃的で。

気付けばわたくしは涙をこぼしてしまっていた。

「ぅあぁぁあぁっ……!!」

泣くわたくしにお兄様も侍女も驚いていたけれど、わたくしはもう他のことなど気にしている余裕はなかった。推しは死ぬ、お兄様に愛されていない、修道院送り。

……わたくしに救いはないの……!?

お兄様が泣くわたくしを抱えて部屋まで連れていってくれたけれど、その温もりがつらかった。

部屋に戻り、お医者様に診《み》てもらい、後頭部には小さなたんこぶが出来ているものの、問題はないとのことだった。

泣きすぎと記憶を思い出したこととで疲れてしまい、わたくしはお医者様に診てもらった後、すぐに眠ってしまった。

そうして、目が覚めると真夜中だった。

はぁぁあぁ……と大きな溜め息が漏《も》れる。

主人公のクローデットになりたいと思ったことはあったけれど、よりにもよって、クローデットをいじめる悪役側だなんて。

しかも大好きなお兄様から実は全《まった》く好かれていないという事実が悲しい。

改めて原作乙女ゲーム『クローデット』を思い出す。

この世界には人族と魔族、そしてその間に魔人がおり、人族と魔族は争い続けてきた。

数百年前に聖人が魔王を封じ、転生させたことで魔王を失った魔族は現在、力を失っている。

主人公クローデットが十六歳の誕生日、聖女の証《あかし》である聖印が現れたことから物語は始まる。

そこからクローデットは聖女として教会などで奉仕活動を行ったり、伯爵令嬢でもあるので社交をしたり、忙しい日々を過ごすのだが、その中で攻略対象達と出会っていく。

そして、あるお茶会で貴族の夫人が連れていた奴隷《どれい》に対して、クローデットは「奴隷制度なんて間違っている」と言って助け出す。

実はその奴隷が数百年前に力を封じられ、転生した魔王だった。

それだけでなく、ルシアン・ランドローは実は魔族であり、クローデットのそばにいる魔王を見つけ、接触し、魔王としての記憶を取り戻させることとなる。

奴隷として受けてきた屈辱《くつじょく》もあり、人間を憎み、恨み、嫌っている魔王だけれど、心優しいクローデットの清らかさに触れて心が揺れる。

しかし、魔族の奴隷が殺される瞬間を目にしてしまった魔王は怒り、力を暴走させ、クローデットの下を去った。

その後、魔族達の動きが活発化し、戦争が始まる。

クローデットは聖女として戦争に参加するのだ。

魔族との戦いの中、選択したキャラクター達との恋愛物語が進展し、最終的には魔王を弱らせ、倒す一歩手前までくる。一周目ではここで魔王を殺す選択肢しかない。

そしてここで魔王を殺すとルシアン・ランドロールートのハッピーエンドが消え、戦後に選択キャラクターと共に生きていくという締めくくりで終わる。

この大筋の中で選んだキャラクターによって個別のストーリーが楽しめ、わたくしはエドワードとお兄様の悪役となる。

……でも、普通に考えてエドワードルートはわたくし、悪くないわよね？

婚約者に別の女が近づいて、婚約を無視して仲良くなっていたら怒って当然だし、常識的に考えて婚約者の横取りはアウトだろう。

お兄様の件についてもちょっとブラコンな気はするけれど、エドワードに関しては悪くない。

もう一度、溜め息が出てしまう。

………お兄様からちょっと距離を置こう……。

本当に原作通りお兄様が妹のわたくしに関心がなく、どうでもいいと思われているのであれば、そんな相手にしつこく付き纏《まと》われるのは嫌だろう。

わたくしもお兄様に嫌われたくはない。

お兄様はそれでいいとして、問題は推しの魔王様だ。

このままだと恐らく一周目でクローデットは魔王を殺すという選択肢となってしまう。

何より、推しが苦しんでいるのも死ぬのも嫌だ。

エドワードとの婚約はともかく、推しが死ぬのだけは絶対に嫌だ。

奴隷のうちに助け出して、少しでも人間の良さというか、憎しみや怒りを鎮めてもらえればいいのではないだろうか。そのためには魔王様を探す必要がある。

……思い出す、思い出すのですわ、わたくし!!

確かお茶会で貴族の夫人が奴隷として転生した魔王様を連れてきていた。

その時、クローデットが夫人の名前を呼んでいた気がする。

「うーん……」

……なんだっけ？　ミ、ア、ブ……？

「そうだわ、分からないなら訊けばいいのよ……!!」

急いで机に向かい、便箋《びんせん》とペンの用意をする。

月明かりを頼りに手紙を書き、読み返す。

「……これならきっと……」

封蠟《ふうろう》は明日の朝、起きてからにしよう。

とりあえず手紙を机の上に置いたままにして、わたくしはベッドに横になる。

色々とまだ混乱することはあるけれど、それでも、こうして大好きなゲームの中にいるのならば出来ることをしよう。

＊　＊　＊　＊　＊

最近、妹の態度が変わった。

少し前まではまるで鳥の雛《ひな》のように、ルシアンを見かけると後を追いかけ、くっついてきた。

それを鬱陶《うっとう》しく思ったことはないが、そのことで妹を可愛《かわい》いと感じることもなかった。

家族と言え、血の繋《つな》がりは半分しかなく、人間と吸血鬼の魔人である妹のことは家族という名の同居人程度の認識だった。

ルシアンの母イザベルは始祖吸血鬼《トゥルーヴァンパイア》であり、ルシアンはイザベルの能力で生み出された真の吸血鬼だが、妹ヴィヴィアンはこの国で人と偽って生活するためにイザベルが結婚した公爵との間の子供だ。

魔族は同族意識が強いけれど、魔人は魔族とは言えない。

そして魔人は人間からも受け入れられることはない。

そのことについては、多少哀れに思うところはあるが、ルシアンにとってはいてもいなくても変わらない存在。それがヴィヴィアンという魔人の妹だった。

「おはようございます、お兄様」

それが数日前、廊下《ろうか》でぶつかって大泣きをしてから態度が変わった。

いつもなら抱き着いてくるはずなのに、淑女《しゅくじょ》らしく、一定の距離を保って朝の挨拶《あいさつ》をする姿には違和感がある。

妹の侍女《じじょ》や使用人達に訊いても、妹は変わったと言う。

わがままも減ったし、落ち着きが出て、自信家なところは変わらないようだが、使用人達への無理難題も言わなくなったそうだ。

「今日は買い物に行くと聞いたけれど、一人で大丈夫かい？」

「わたくしもう十四歳でしてよ？　一人で買い物くらい出来ますわ」

と、言いながら食堂へ歩いていく。

今までなら「お兄様もついてきてください」とわがままを言い、ルシアンがついていく流れになるのだが、それがない。面倒が減って気楽なはずなのに、歩いていく妹の背中を見て、ルシアンは少し物足りなさを感じた。そして、そう感じた自分に驚いた。

……どうして妹のことが気になるのだろう。

これまで興味がなかったはずなのに。

「本当に僕は行かなくていいの？」

妹へそう声をかけるとヴィヴィアンが振り返る。

「お兄様、女性には秘密の買い物というものが必要な時がありましてよ？」

そう言って笑った妹が一人で先に食堂へ入ってしまう。

残されたルシアンは、どこか残念な気持ちと共に、ずっと興味がなかった妹のことを何故か今更になって知りたいと思った。

……どうして妹は僕に付き纏わなくなったのか。

それが今は非常に気になっていた。

その理由を知るためにも、妹の様子をしばらく観察してみる必要がありそうだ。

ルシアンは優しい笑みを浮かべたまま、食堂に向かい、扉を開ける。

つまらない日常に変化が現れた瞬間だった。

＊＊＊＊＊

記憶を取り戻してから六日が経った。

わたくしはお兄様と家族として仲良くしながらも、それなりに距離を置いて接するように努めた。

「わたくしもう十四歳ですもの、いつまでも子供のようにわがまま放題言うのはやめますわ」

と言えば、年頃の女の子が背伸びをしたがっていると思われたのか、今はみんな微笑《ほほえ》ましいという顔でわたくしを見守っている。

ちなみに五日前に手紙を出した時、侍女に「本当に出すのですか？」と訊かれたが、わたくしは実行に移した。

手紙の宛先《あてさき》はこの王都内にある、大きな奴隷商だ。

貴族が利用するほどの場所となれば限られてくるので、とりあえず五通ほど書いたが、侍女が言うには三通あれば十分とのことで、その三通を送ってもらった。

……そう、買った相手が思い出せないなら、売った相手に訊けばいいのよ！

手紙と共に数枚の金貨も持っていくようお願いした。

商人は普通ならば誰が何を買ったか秘密にするだろうが、お金で解決出来ないことなんてない。

手紙と共に渡したのは『手付け金』みたいなもので、もし教えてくれるなら、これとは別にお礼を弾むと伝えてある。

たとえ自分の店で売った奴隷でなくても、他の店で売られた奴隷の情報を調べて、教えてくれるかもしれないという可能性もあった。

そして昨日、奴隷商から手紙の返事が来た。

三通のうち二通からは「その奴隷については知りません」という内容の手紙だったが、最後の一通からは「その条件の奴隷を過去に売った覚えがあります」という返事で、わたくしは急いで手紙を書いて、今日、来店する約束を取り付けた。

朝食後、出かける支度《したく》をしていると部屋の扉が叩かれた。

もう後は髪を結うだけだったので通せば、お兄様だった。

「そんなに買い物が楽しみなのかい？」

出かける支度をほぼ済ませたわたくしにお兄様が言う。

「どちらとも言えませんわ。欲しいものがあるけれど、それがすぐに買えるわけではありませんの。今は他の人の手にあるので、誰が買ったか調べて、譲《ゆず》っていただくのですわ」

「新しく作ったものではなくて？」

「それは作ることが出来ない特別なものですから」

髪を結ってもらい、最後にボンネットを着けてもらう。

侍女が物言いたげな顔をしていたが、今回の件については家族にも秘密にしてほしいとお願いしてあった。お父様やお母様、お兄様には「欲しいものがあるから買う」としか伝えていない。

わたくしが買い物をすることはよくあることなので、家族は何も言わなかった。

「では、行ってまいります」

お兄様が立ち上がった。

「やっぱり僕も行こうか？」

「いいえ、護衛もおりますし大丈夫ですわ」

奴隷を買うと言ったら反対されそうなので黙っておきたい。

お兄様にジッと見つめられる。

今朝の『一緒に行こうか？』という誘いを断ってから、なんだかお兄様から視線を向けられることが増えた気がするけれど、お兄様はどうせわたくしに興味はないだろう。

変わったわたくしに疑問は感じているかもしれないが、それほど何か思っているわけではない。

「じゃあ玄関まで送ってあげるよ」

差し出されたお兄様の手に嬉しくなる。

たとえ感情がこもっていなくても、それでも、やはりお兄様に優しくしてもらえると幸せだ。

お兄様の手を取り、部屋を出る。

「何を買うかは秘密ですけれど、買ったものを綺麗《きれい》にしたらお兄様にも見せて差し上げますわ」

「うん？　それは汚れているの？」

「まだ分かりません。汚れているかもしれませんし、綺麗かもしれませんし、それは持っている方次第ですわ」

「へえ、なんだか謎かけみたいで面白いね」

ふっとお兄様が微笑んだ。それは本当に心から面白いと感じたのだろうという笑みで、わたくしは嬉しくて、でも少し寂しかった。

……わたくし、お兄様達が探し求めていた魔王様を買うの。

玄関までお兄様に見送ってもらい、侍女と共に馬車に乗る。

馬車が走り出したところで侍女に問われた。

「お嬢様、本当に奴隷商に行くのですか？」

「ええ、わたくし、奴隷を買いますわ。でも今から行くお店で買うのではなくて、もう既に売られてしまった奴隷の行方《ゆくえ》を調べてもらったのよ。そして、買った方のところに行ってわたくしがその方から買い上げるつもり」

「どうしてそのようなことを……」

困惑する侍女にわたくしは苦笑する。

「その奴隷がどうしても欲しいから」

きっとお父様達は奴隷を買ったと聞いたら驚き、反対するかもしれないが、それが魔王様だと知ったら更に仰天《ぎょうてん》するだろう。

でも、これには理由がある。

わたくしが奴隷として魔王様を購入し、ずっと奴隷のままにしていれば『命令』が通る。

つまり、わたくしが『人間と争うな』と命令すれば、奴隷の魔王様は主人の命令に抗《あらが》えない。

いざとなればその手が使えるのだ。

そうすれば魔族と人族との戦争は再開しないし、魔王様が殺されるなんてこともなくなるはずだ。

大通りを抜け、脇道に入って少し走ったところで馬車が停まった。

侍女が降りて、その手を借りてわたくしも降りる。

奴隷商の店に入ると華やかな応接室に案内された。

貴族御用達《ごようたし》だけあって、紅茶も出てきたし、応接室の家具も下品すぎない程度に煌《きら》びやかである。

その後、すぐにオーナーだろう男性が応接室に来た。

「本日はご来店いただき、ありがとうございます」

「わたくしのほうこそお手紙をありがとう」

「いえいえ、お嬢様の頼みとあればどのようなことでもお手伝いいたします」

中年の小太りの男性が向かいのソファーに腰掛ける。

「それで、お知りになりたいのは『白銀の髪に黄金のような瞳、褐色《かっしょく》の肌の魔人の少年』でお間違いございませんか？」

「ええ、もしかしたら両手両足に何か刺青《いれずみ》か痣《あざ》のような模様があるかも。歳《とし》は多分わたくしより少し上ね」

男性が「ふむ……」と視線を巡らせる。

「やはり、その奴隷でしたら二年ほど前に売った覚えがあります。美しい白銀の髪、黄金色の瞳、そして褐色の肌。おかしな模様が手足にあったので、そのせいで安値になってしまったのが残念でした」

「その奴隷はどなたに売ったの？　ああ、もちろん、お金で情報を買ったことは黙っているわ。わたくしが権力であなたに言わせるの」

侍女《じじょ》に手を振り、お金を持ってこさせる。

テーブルに置かれた小袋を男性がチラリと見て、そして人好きのする笑みを浮かべた。

「その奴隷を購入なさったのはミラベル・バーンズ伯爵夫人でございます」

そこで原作のクローデットの言葉を思い出す。

確かに「間違っていますわ、バーンズ伯爵夫人！」と怒っていたような気がする。

その時は初登場の魔王様に見惚《みと》れていて、文章を読み流してしまっていたのかもしれない。

男性が小さな紙に何かを書き、侍女へ渡し、受け取ると、どこかの住所が書かれていた。

「そう、ありがとう」

わたくしはもう一度、侍女に小袋を出させてから立ち上がる。

男性が恭《うやうや》しく頭を下げるのを横目に応接室を出て、馬車に乗り込んだ。

いきなり屋敷に行くのは失礼に当たるので、一旦屋敷に帰り、手紙を送ってから行くのがいいだろう。本来は返事を待つべきだが、とりあえず先触れを出しておけば最低限の礼儀《れいぎ》は守れる。

屋敷に到着するとすぐに馬車を降りて部屋へと向かう。

急いで手紙を書き、侍女にすぐさま届けるよう頼んだ。

……売られたのは二年前、ね。

二年も奴隷として過ごしているのならば、記憶を取り戻す前であってもかなり人間への憎しみが募《つの》っているだろう。

……しばらくは奴隷のままがいいかもしれないわ。

本当は奴隷から解放してあげたいけれど、いざという時に『命令』が使えないのは困る。

魔王様が人族と争わないと確信が持てるまでは、奴隷のままでそばに置くのがいいと思う。

「ねえ、わたくしのお小遣いを全て出しておいてちょうだい。奴隷を譲ってもらう時にどのくらい払うことになるか分からないから」

あまり上品な方法ではないが、奴隷一人と金貨数十枚から数百枚であれば、奴隷を手放すほうがいい。そのお金で新しく奴隷を買うことも出来る。

……こういうのを『札束で頬《ほお》を叩く』って言うのかしら？

この世界風に言うなら『金貨袋で殴《なぐ》る』だろうか。

侍女がお金を用意している間、紅茶を飲んで過ごす。

部屋の扉が叩かれ、声をかければ、お兄様が顔を覗《のぞ》かせた。

「お帰り、ヴィヴィアン」

「ただいま戻りましたわ、お兄様。でもまだ買い物は終わっておりませんの。午後にまた出かける予定ですわ」

「今日のヴィヴィアンは忙しいようだね」

お兄様が入ってきて、わたくしの隣に腰掛けた。

「君がそこまでして欲しいものを、お兄様に教えてはくれないのかい？　父上や母上にも言っていないみたいだね」

「ええ、だって言ったら反対されますもの」

「そう言われると余計に気になってしまうよ」

お兄様が片手を上げたので、何をするのだろうとジッと見つめれば、お兄様の手が止まった。

そうして、何故かお兄様自身も少し驚いた顔をする。

わたくしが首を傾《かし》げれば、お兄様の手が膝に戻った。

「……いや、なんでもないよ。せめて君の欲しいものがどんなものなのかだけでも教えてくれないか？　朝からずっと気になっていてね」

お兄様にしては珍しく引き下がらなかった。

いつもなら、わたくしが何を買ってても訊いてこなかったのに。

「秘密ですわ。でも、きっとお兄様とお母様は喜ぶと思います」

「僕達へのプレゼントかな？」

「近くて遠いとだけ申し上げておきますわ」

「やっぱり謎かけみたいなことを言うんだね」

お兄様はどこか楽しそうに微笑《ほほえ》んでいる。

……なんだか今日のお兄様はいつもと違うわ。

わざわざ、お兄様がわたくしの部屋に来るというだけでも珍しいのに、こうしてわたくしの買い物の内容に興味を持ってくださるなんて。

「お兄様、今日は構ってくださるのね」

そう言えば、お兄様がまた驚いた顔をした。

そこで、わたくしもちょっと嫌みな言い方だったと気付く。

「僕がヴィヴィアンを無視したことはないと思うけど……」

「確かに、お兄様はいつもわたくしに付き合ってくださるわ。今まではそれが嬉しかった。でも気付いたの。……お兄様はわたくしのことなんてなんとも思っていないって」

伏せた目を上げ、お兄様を見れば、固まっている。

「今まで鬱陶《うっとう》しかったでしょう？　だからもう、お兄様にしつこくするのはやめます」

お兄様が困ったように微笑む。

「鬱陶しくはなかったよ」

「でも、どうでも良いとは思っていますよね？」

「そんなことはない」

お兄様の手がわたくしの頭に触れる。

でも、今は嬉しくない。ただただ悲しいだけ。

「嘘つき」

わたくしは立ち上がってお兄様の手から離れる。

「……お兄様、今後はほどよい距離で過ごしましょう」

とても悲しくて、泣きそうになるのを我慢する。

お兄様が何か言いたげに口を開け、そして閉じる。

……きっとお兄様は受け入れるだろう。

いつもわたくしのわがままを聞いてくれたように、今回も頷《うなず》くはず——……。

「それは嫌だ」

お兄様の言葉に今度はわたくしが驚いた。

立ち上がったお兄様がわたくしの手を握る。

「確かにずっとヴィヴィアンのことには無関心だった。それについては謝るよ。ごめん。……でも、今はそうじゃない。近くで君をもっと見ていたいと思う」

「それはわたくしが変わったから？」

「否定はしない」

それがまた悲しくて涙がこぼれた。

わたくしが変わらなければ、一生お兄様はわたくしに対して無関心で、どれほどわたくしがお兄様を大切に思っても、お兄様の心には欠片《かけら》もわたくしはいないままだったのだろう。

さすがのお兄様でも悪いとは思ったようで、そっと抱き締められる。

「本当にすまない、ヴィヴィアン」

わたくしは何も返事が出来なかった。

お兄様はしばらくわたくしを抱き締めてくれたけれど、自分がいたら泣きやまないと気付き、部屋を出ていった。

侍女がすぐに目元を冷やしてくれたので腫《は》れは酷《ひど》くならなかったけれど、気持ちは沈んでいた。

すると、また部屋の扉が叩かれて、メイドが手紙を持ってきた。

手紙の差出人はバーンズ伯爵夫人だった。

わたくしの急な訪問を快《こころよ》く受け入れてくれた。

……落ち込んでいる場合じゃないわ。

わたくしは絶対に魔王様を手に入れなくてはならない。

「……わたくしなら出来るわ」

他人の物欲しさにお金で相手の頰《ほお》を叩いて譲《ゆず》らせるような行為だけれど、どうせ悪役なのだから、それらしく振る舞ってみせよう。

昼食はなんだか気まずくて、食堂ではなく部屋で摂《と》り、少し休憩《きゅうけい》してから外出の準備をして、出かけることにした。


玄関に停まっていた馬車に乗り込む前に、御者に目的地の住所を告げ、そうしてバーンズ伯爵家に向かった。ガラガラと走る馬車から車窓《しゃそう》の外を眺める。

……お兄様、なんだか傷ついた顔をしていた気がするわ。

でも、それがお兄様の本心なのかどうかもわたくしには分からない。

本当に傷ついたのか、優しい兄が妹に突き放されて悲しんでいるふりをしているのか、判断がつかない。

それでも、こうして胸が痛むのはわたくしがお兄様を家族として愛しているからなのだろう。

……ああ、もう、これ以上深く考えるのはやめましょう！

これからわたくしの推しに会いに行くのに暗い顔でいるなんて良くない。

ぱちんと自分の両頰を叩くと侍女が驚いた顔をする。

「お、お嬢様？　どうされたのですか？」

「なんでもないわ。気合いを入れただけ」

「気合い……？」

……そう、わたくしは今日、推しを手に入れるのよ！

そして馬車が目的地に着く。

バーンズ伯爵家は公爵家よりも小さな屋敷で、到着すると執事に出迎えられた。

老齢の執事に案内されて応接室へ向かう。

小さいけれど貴族の屋敷だからか華やかで、絵画などの美術品があちこちに置かれている。

それらを横目に応接室に着き、扉が開けられる。

「ランドロー公爵令嬢、ようこそお越しくださいました」

立ち上がった女性がバーンズ伯爵夫人なのだろう。

彼女とは初めて会うが、穏やかで優しそうな女性だった。

……でも、奴隷《どれい》の魔王様に酷いことをしているのよね。

人の第一印象など当てにならないものだと思う。

「本日は急なご連絡にも拘《かか》わらず、快く受け入れていただき感謝いたします。バーンズ伯爵夫人」

「いいえ、ランドロー公爵家の可愛《かわい》らしいお嬢様をお迎え出来て光栄ですわ」

ソファーを勧められて腰を下ろす。

「改めまして、ランドロー公爵家の長女、ヴィヴィアン・ランドローと申します」

「バーンズ伯爵当主オリバー・バーンズの妻、ミラベルでございます。ランドロー公爵夫人のお茶会にも何度かお伺《うかが》いしたことがありますが、素晴らしく楽しい時間を過ごさせていただきましたわ」

「ありがとうございます。夫人にそうおっしゃっていただけて、きっと母も喜ぶことでしょう」

出してもらった紅茶に口をつける。

恐らく、公爵令嬢のわたくしをもてなすために慌てて買った茶葉なのだろう。味がとても良い、伯爵家で常飲するには高価な代物《しろもの》であった。

夫人と目が合ったのでにっこりと微笑む。

それに夫人がホッとしたのが伝わってきた。

家格が上の者をもてなすには、相手の家格にあったものを用意しなければ失礼に当たる。

だから本来、あまり家格の離れている家に上の家格の者が行くというのは少ない。そもそも、家格が上の者のところに下の者が行くのが普通である。

「それで、本日はどのようなご用件で我が家に？」

向こうから訊いてくれて助かった。

「実はわたくし、欲しいものがございまして、それがこちらにあると聞いてまいりました」

「まあ、そうなのですか？　我が家にあるものなど、公爵家のものより劣ると思いますが……」

困ったような表情で頬に手を当てる夫人へ言う。

「夫人の持つ奴隷をいただきたいのですわ」

夫人の体が硬直する。

この世界でも、この国でも、奴隷制度は違法ではない。重労働のために奴隷を買って働かせることは普通だし、貴族が見目の良い奴隷を買って装飾品のように連れ歩くことも珍しくはない。

しかし、基本的に奴隷は奴隷商から買うものだ。

稀《まれ》に貴族同士で奴隷を贈り物にすることもあるらしいが、自ら欲しいと言うのは少々はしたないと思われる。

「わたくし、変わった奴隷が欲しいと思っておりましたの。聞くところによるとバーンズ伯爵夫人の下には珍しい白銀の髪に黄金の瞳、褐色《かっしょく》の肌、手足に不思議な紋様のある奴隷がいらっしゃるとか」

「え、ええ、確かにそのような奴隷はおりますが……」

「まあ、まだいるのですね？　良かったですわ。どうしてもその奴隷が欲しいのです。どうか譲っていただけませんか？」

夫人が微妙な顔をする。

わたくしは侍女《じじょ》に手を振り、持ってきていた箱をテーブルへ置き、侍女が箱の蓋《ふた》を開けた。

「譲っていただけるのでしたら、相応のお礼はいたしますわ」

箱の中には金貨百五十枚が入っている。

わたくしの全財産とまではいかないが、お小遣いの大半を持ってきた。

大量の金貨を目にした夫人が驚き、その表情を隠すためかサッと扇子《せんす》で顔を隠す。

しかし金貨から視線は外さない。

応接室まで案内される間に家の中を見たが、バーンズ伯爵家は少々見栄っ張りのようだ。

屋敷の大きさは伯爵家にとっては普通くらいだけれど、内装も華やかだし、美術品の数も多いし、目の前の夫人も身に付けている装飾品はわりと華やかだ。

家格が上の公爵令嬢を出迎えるために華やかな装《よそお》いをしているにしても、屋敷の美術品や内装まで数時間で替えるのは不可能だろう。

つまり、体面をとても気にしている。

見栄のためにお金を使う以上、どこかで削《けず》る必要も出てくる。たとえば普段の食事を質素にするとか、若い新人の使用人を雇って給金を安く済ませるとか。

華やかに見えても、これはハリボテなのかもしれない。

……多分ストレスが溜まっているのでしょうね。

奴隷なら暴力を振るっても反抗されることはない。

「金貨が百五十枚ございます。これだけあれば新たな奴隷を購入することも出来るでしょう」

侍女が蓋を閉じたことで、夫人がハッと顔を上げる。

「もちろん、夫人がこちらの奴隷を手放したくないというのであれば仕方ありませんが……」

「いえ、そろそろ別の奴隷を買おうと思っておりましたので、お嬢様がお望みでしたら喜んでお譲りいたしますわ」

……まあ、そうでしょうね。

高くても奴隷なんて金貨五十枚もあれば十分買える。

その三倍もあれば新しい奴隷を買ってもお釣りがくる。

「まあ、ありがとうございます！　急な訪問を受け入れてくださった心優しい夫人でしたら、きっと譲っていただけると信じておりましたわ」

伯爵夫人がすぐに立ち上がった。

「では奴隷と購入証をお持ちいたしますので、少々お待ちいただけますでしょうか？」

「ええ、もちろん」

夫人が部屋を出ていき、わたくしは紅茶を飲む。

そっと侍女が近づいてきた。

「さすがに金貨百五十枚は多すぎるのでは？」

「そう？　わたくしにしてみれば安い買い物だわ」

何せずっと画面越しでしか見ることの出来なかった推しを、本当にこの目で見ることが出来るのだ。全財産をはたいてもいいくらいである。

それに多めに払っておくことで、もし夫人が「やはり返してほしい」と言い出した時に「では金貨百五十枚を一括《いっかつ》で返してください」と言えばいい。そう簡単には出せない額だ。

言葉通り、夫人はすぐに戻ってきた。

「お望みの奴隷はこちらで間違いございませんか？」

使用人が連れてきた奴隷が床に膝をつく。

艶《つや》のない白銀の髪はボサボサで、褐色の肌はくすんでいて、俯《うつむ》いた黄金色の瞳はどこか焦点が合っていない。丈の合っていない古びた服から覗《のぞ》く手足には紋様があるが、それよりも痩《や》せ細っていて、普段から満足に食事も与えられていないのが一目で分かった。

拳を握り、わたくしは努めて笑みを浮かべた。

「ええ、この奴隷ですわ」

夫人が差し出した書類には奴隷について書かれていた。

だが、ほとんど出生が分からないらしく、どこでいつ生まれたのかも、どの魔族と人間とのハーフなのかも判明しておらず、ただ『魔人・推定年齢十八・男』としか書かれていなかった。

……十八歳でこんなに細いなんて……。

身長はそれなりにあるけれど、あまりに痩せすぎている。

「売買契約書を作っていただけますか？　わたくしが夫人から金貨百五十枚で奴隷を買い上げた証明が必要ですもの」

夫人は頷《うなず》き、すぐに執事を呼んで書類を作らせた。

「こちらでいかがでしょうか？」

「……ええ、問題ありませんわ」

渡された売買契約書を読み、不備がないことを確認して、侍女が金貨の入った箱を執事に渡した。

それから彼のそばに寄り、夫人が奴隷用の首輪に触れた。

「お嬢様もこちらの首輪に触れてください」

触れると一瞬チクリとして、指から出た僅《わず》かな血が首輪に入り、首輪が赤く光る。

「これで、この奴隷の正式な主人はお嬢様になりました」

この間も奴隷の彼はずっと膝をついたまま床でぼんやりしていた。

わたくしは奴隷の彼の目の前に移動した。

それでもピクリともしない姿が痛ましい。

この二年、彼は暴力や虐待《ぎやくたい》に耐え続けてきたのだろう。

そう思うと今すぐに抱き締めたくなったが、バーンズ伯爵夫人の前でそれは出来ない。

彼の目の前に手を差し出し、その手を握る。

「わたくしの名前はヴィヴィアン・ランドロー」

引っ張ると素直に立ち上がったが、あまりにも軽い。

……ああ、それでも、やっと会えたわ。

「あなたは今日からわたくしのものよ」

触れた頰《ほお》の温かさに胸が震える。

すぐに手を離し、夫人に向き直る。

「バーンズ伯爵夫人、良い買い物をさせていただきましたわ」

「いいえ、私のほうこそお役に立てて光栄ですわ」

「この子を持って帰らなければいけませんので、失礼いたします。今度はお茶会の席で会えるのを楽しみにしておりますわ」

恐らく、そのようなことはないだろうが。

魔族のお母様が『バーンズ伯爵夫人に魔王様が虐《しいた》げられていた』と聞いて黙っているはずがない。お茶会どころか最悪、社交界からも爪弾《つまはじ》きにされるかもしれないが、それはわたくしにはどうすることも出来ないし、するつもりもない。

そのまま彼の手を引いて伯爵家を出て、馬車に乗る。

……一応、臭《くさ》くはないわね。

でも身綺麗《みぎれい》とも言えない。

……帰ったらお風呂に入れて、胃に優しい食事を食べさせて、よく眠らせてあげなくちゃ。

今日から推しとの楽しい生活の始まりである。

公爵邸に着き、わたくしは彼を連れて部屋に戻った。

「お湯を沸かして。この子をお風呂に入れてあげるの。あ、怪我《けが》をしているみたいだから薬湯にしてね。それから胃に優しい食べ物を用意してちょうだい」

物言いたげにしながらも侍女やメイド達が動く中、わたくしがソファーに座ると、彼は足元の床に座った。

「あら、そんなところに座ってはダメよ」

わたくしの言葉に彼が立ち上がる。

わたくしは彼を見上げ、自分の横の座面を叩いた。

「ここにいらっしゃい」

焦点の合わなかった黄金色の瞳が揺れる。

彼の戸惑いが伝わってきて、わたくしは微笑《ほほえ》んだ。

「主人であるわたくしがいいと言うのだから、いいのよ」

しばしの後、彼はわたくしの横に少し距離を置いて座った。

初めてソファーに座ったのか少し驚いている。

……公爵家のソファーはどれも座り心地が抜群《ばつぐん》にいいのよね。

「わたくしには紅茶を、この子にはお水をあげて。いきなり紅茶を飲ませたら胃に良くないから」

メイドがすぐに紅茶と水を持ってくる。

グラスを受け取り、彼の手に持たせる。

「さあ、これを飲んで」

でも、なかなか飲もうとしない。

……もしかして……。

彼の手からグラスを取り、一口飲んでみせる。

「大丈夫、ただのお水よ」

彼の手にグラスを返せば今度は飲んでくれた。

……一体、バーンズ伯爵夫人は彼に何をしたのかしら。

水を飲むだけでも警戒して、勇気がいるなんて。きっとわたくしには想像もつかないような酷《ひど》い目に遭《あ》ったのだろう。彼は喉《のど》が渇《かわ》いていたようで続けざまに二杯飲んだ。

そうしているうちに入浴の準備が出来て、侍女《じじょ》に声をかけられたので立ち上がった。

「さあ、こっちで綺麗にしましょうね」

持っていたグラスをテーブルへ置かせ、手を引いて隣の浴室へと連れていく。

「一人で入浴したことはあるかしら？」

彼が小さく首を横に振る。

「誰か男性を呼んで彼の入浴を手伝ってあげて」

「……かしこまりました」

顔を戻せばジッと見つめてくる彼と目が合った。

出来るだけ安心させるように微笑んでみせる。

「これから他の人が来るけれど、あなたの入浴を助けてくれるだけよ。ここでは誰もあなたをいじめないし、食事もきちんと食べられるし、酷いこともしないわ」

侍女がすぐに戻ってきて、その少し後に若い男性使用人が入ってくる。

その男性に彼の入浴の手伝いを任せて部屋を出る。

「あの子の服はとりあえず、使用人のお仕着せの余りでいいわ。服は元気になったら買うけれど、どうせ侍従《じじゅう》にするのだから今から着せても問題はないでしょう」

「え、侍従にされるのですか？」

「そうよ。そのために買ったんだもの」

他の貴族だって奴隷《どれい》を連れ歩く時には侍従という体《てい》でお仕着せなどを着せているのだから、別におかしくはないだろう。

本を読んで一時間ほど過ごしていると浴室の扉が開く。

そこには綺麗になってさっぱりした彼が立っていた。

男性使用人は一礼すると下がっていく。

「さあ、こちらへ。入浴後は水分を摂《と》りましょうね」

またソファーに座らせ、グラスを持たせれば、今度は素直に水を飲んでくれた。

もう警戒はやめたようだ。

メイドに声をかけて食事を持ってこさせる。

胃に優しいものと伝えたからか、食事はパンをミルクで煮込み、蜂蜜《はちみつ》で優しく味付けをしたものだった。風邪《かぜ》を引いた時などに料理長がよく作ってくれる。

メイドからお盆ごと皿とスプーンを受け取った。

横から視線を感じながらスプーンでふやけたパンを掬《すく》い、軽く息を吹きかけて冷ましてから彼の口元に差し出した。

「はい、あーん」

彼は恐る恐るといった様子で口を開いた。

そこにスプーンをゆっくり入れ、口がとじたので、そっと引き抜く。

黄金色の瞳が一つ、瞬いた。

「ほんのり甘くて美味《おい》しいでしょう？」

彼が口の中のものを飲み込んだのを見て、もう一度、同じ動作を繰り返す。

誰かに食事を食べさせるのは初めてだけれど、なかなかに難しくて、でも楽しい。

口元に少しこぼれた分は拭いてあげる。

ぽた、と雫《しずく》がナプキンを持つ手に落ちた。

無表情のまま、ぽろぽろと彼の目から涙がこぼれる。

それでも食べたいのか口を開けるので、わたくしは彼の口に食事を与え続けた。

お皿の三分の一ほどで彼が口を開かなくなった。多分、もうお腹いっぱいなのだろう。

今まで満足に食事が出来なかったのなら、いきなり大量に食べても消化しきれないかもしれない。

メイドにお盆を返し、口元も拭いてやる。

さすがに涙は止まったようだ。


食事を終えたからか、彼がうとうととし始める。

なんとか起きようと頑張っている姿が可愛《かわい》らしい。

そっと彼の背中に触れてこちらへ促した。

「眠いなら寝てもいいのよ」

そのまま頭をわたくしの膝の上に誘導する。

わたくしより背が高いので、三人掛けのソファーに横になると足を投げ出す形になるけれど、彼は横向きになると手足を縮めるようにしてわたくしの膝の上に頭を置いた。

頭を撫《な》でると傷んでいるのか白銀の髪はパサパサだった。

優しく頭を撫でてから、もう片方の手で優しく肩を叩く。

一定のリズムでゆっくりと肩を叩いているうちに、膝の上にある頭の重みが増した。

彼の横向きの寝顔に笑みが浮かぶ。

しっかり寝付いた後はもう叩くのをやめて、わたくしは読書をして過ごすことにした。

「この子が怯《おび》えてしまうから、お父様やお母様、お兄様が来ても部屋には通さないでちょうだい。用があるならわたくしから出向くわ」

小声で侍女に言って、本に集中する。

それから夕食の時間まで、彼はぐっすり眠っていた。

わたくしが食堂に行く時は不安そうな顔をしていたけれど、「良い子で待っていてね」と頭を撫でると頷《うなず》いた。

……全然喋《しゃべ》らないのが気になるわね。

元々無口なのか、それとも虐待《ぎゃくたい》のせいで声が出なくなってしまったのか。

部屋を出てから侍女に声をかける。

「明日お医者様を呼んでちょうだい。あの通り、健康状態が良くなさそうだから診《み》てもらいたいわ。

それからお腹を空《す》かせているようだったら、食事を与えてあげて」

「かしこまりました」

それからわたくしも夕食を摂るために食堂へ向かう。

少し遅くなってしまい、食堂に着くともうお父様とお母様、お兄様が席に座っていた。

「お待たせしてごめんなさい」

席に着けば、お兄様から視線を感じる。

テーブルの一番奥の誕生日席にお父様、お父様から見て右にお母様とわたくし、左にお兄様が座っているので、お兄様とは斜め向かいから顔を合わせることになる。昼間の件もあって少し気まずい。

家族が全員揃ったのを確認したお父様が頷き、食事が始まった。

「ヴィヴィアン、今日は買い物をしたと聞いた」

いつもはわたくしが何を買っても口を出さなかったお父様が、そう言った。

お父様もお母様もお兄様も、わたくしが奴隷を買ったことを侍女から聞いてもう知っているはずだが、あえてわたくしの口から聞きたいらしい。

「ええ、奴隷を買いましたわ。どうしても欲しい子がいたので、お願いをして譲《ゆず》っていただきましたの」

「何故、奴隷なんて……。見目の良い者をそばに置きたいなら、もっと身元の確かな者にしなさい」

「お父様、違います」

お父様が驚いた様子でわたくしを見た。

思えば、わがままを言うことはあっても、お父様に口答えをしたことは一度もなかった。

「他の子ではなく、どうしても欲しい子がいたのです」

お父様とお兄様が目を丸くしている。

お母様も驚いてはいるけれど、どこか微笑《ほほえ》ましげで、多分いつものわたくしのわがままが始まったと思っているのだろう。

「明日、きちんとお医者様に診《み》てもらいます。でもわたくし、今日買ってきた子を侍従にすると決めましたの。その代わり十五歳の誕生日の贈り物はなくてもいいですわ」

「まあ、そんなに気に入ったのね。ねえ、あなた、ヴィヴィアンがここまで言うのだもの。良いではありませんか」

お母様はわりとわたくしに甘い。お兄様にも優しいが、わたくしには特に甘くて、お父様もなんだかんだ言ってわたくしには甘いのだ。

お父様が小さく溜め息を吐く。

「分かった、十五歳の誕生日の贈り物の代わりに、その奴隷を使用人として雇い入れよう」

「ありがとうございます、お父様。でも今は弱っているので、もう少し健康になるまではわたくしの遊び相手にして、元気になってから侍従《じじゅう》として扱いますわ」

「お前の好きにしなさい」

一見、冷たく聞こえる言葉だが、これはお父様なりの甘やかしである。言葉通り、今日買った奴隷についてはわたくしの好きにして良いということだ。

お母様が「良かったわね」と微笑む。

斜め前のお兄様も微笑んでいて、昼間のことなどなかったかのような様子だった。

「あとでその奴隷の子を見に行ってもいいかな?」

とお兄様に訊かれたので首を振る。

「ごめんなさい、お兄様。人見知りをする子なので、せめて二、三日経ってここに慣れてから、改めて紹介いたしますわ」

「分かった。紹介してくれるのを楽しみにしているよ」

その後は普段通り夕食を摂り、先に部屋へ戻る。

すると、何故か困り顔の侍女《じじょ》がいた。彼はまた床の、それも部屋の隅の床に座り込んでいて、テーブルの上には冷めてしまっただろうスープが置かれていた。

「お帰りなさいませ、お嬢様」

「ええ、それで、これはどうしたの？」

「お嬢様のお申し付け通り食事を出したのですが、全《まった》く手をつけようとせず、この通り、部屋の隅に逃げてしまって……」

……本当に人見知りだったのね……。

原作のゲームでも記憶を取り戻すまでこうだったのだろうか。

その辺りはクローデットが優しくすることで心を開きつつあった、という説明とクローデットが彼に手を差し出すスチルがあるだけだったので分からない。

だが、わたくしを見つけると立ち上がって近づいてくる。

「この食事が気に入らなかったの？」

ビクリと彼の肩が震えたので、そっと彼の手を取る。

「怒ってないわ。ただ、あなたが心配なの。こんなに痩《や》せて、ボロボロで、もっと沢山《たくさん》食べて、よく眠って、元気になってほしいのよ。元気になったらあなたをわたくしの侍従にするわ」

伏せられていた黄金色の瞳がわたくしを見る。

それに微笑み返した。

「でも、そうね、今日だけは特別に食べさせてあげる」

おいで、と手を引けば彼は素直に椅子《いす》に腰掛けた。

わたくしも横の椅子に座り、冷めてしまったスープをスプーンで掬《すく》う。

一口食べて確かめてみれば、小さく切った野菜が崩れるほどよく煮込んだスープに細かく挽《ひ》いた麦を入れ、更に煮たもののようだ。肉と野菜の優しい旨《うま》みがある。

「大丈夫、とても美味《おい》しいわ」

スプーンを替えて、掬い直して彼の口元へ差し出した。

匂《にお》いを嗅《か》ぐ暇もないほどの速さでぱくりと彼が食いつく。

……お腹は空いていたのね。

最初にわたくしに食べさせてもらったから待っていたのかと思うと、可愛く感じる。

しかし、やはり半分も食べ切らないうちに口を閉じてしまった。

代わりにグラスを持たせればしっかりと水を飲む。

「良い子ね」

手を伸ばして頭を撫でようとしたら、彼の体が硬直する。

「あら、ごめんなさい。いきなり触れようとしたから驚かせてしまったかしら？　頭を撫でられるのは嫌い？」

彼が頭を差し出してくる。撫でられることは嫌ではないらしい。

「心配しなくても、わたくしは絶対にあなたに暴力を振るわないわ。何があってもあなたの味方よ。もし誰かがあなたをいじめたら教えてね。代わりにわたくしが懲《こ》らしめてあげる」

よしよしと頭を撫でて、手を離せば、彼が見つめてくる。

「さあ、今日はもう寝る時間よ」

……さすがに同じ部屋で夜を過ごさせるわけにはいかないから、男性使用人の部屋を一つ与えたほうが——……。

そう考えていると、彼が床に両膝をつき、わたくしの足に顔を近づけた。

……って、何をする気ですの!?

「お待ちなさい!!」

思わず大きな声が出てしまい、彼が硬直する。

それに慌てて声量を落とし、彼の顔から足を引き離す。

「大声を出してごめんなさい。怒ってないわ。驚いてしまったの。……あなたはもうそんなことをしなくていいのよ」

……そうだ、彼は奴隷《どれい》として夜の奉仕とかもさせられていたんだった……!!

彼の手を取り、立ち上がらせ、戸惑う彼の目を見つめ返す。

「あなたにはわたくしの侍従になってもらうけれど、それより、まずはあなたが健康になるのが先よ。前の主人にしてきたことは、もうやらなくていいの。あなたの今の仕事は『食事をきちんと食べること』『よく眠って体を休めること』『怪我《けが》が治るまで無理はしないこと』よ」

わたくしの言葉に頼りなげに佇《たたず》む彼に胸が痛くなる。記憶を取り戻す前でこれなら、記憶を取り戻した時に魔王様が人間を憎み、嫌い、敵対したのも頷ける。

彼の手がおずおずとわたくしの手を握った。

……わたくしから離れたくないようね。

「誰か、控えの間に毛布とクッションを用意して。同じ部屋で眠らせるのは問題だけれど、今わたくしから離れて不安定になっても可哀想《かわいそう》だわ」

そうして使用人が待機する控えの間の隅に毛布とクッションを用意してもらい、わたくしは彼の手を引いて控えの間へ移動する。

三人掛けのソファーの上に毛布とクッションが置かれており、そこに彼を寝かせた。

仰向《あおむ》けになると足がソファーから飛び出している。

……夏だから風邪《かぜ》は引かないと思うけど……。

毛布をかけて、頭を撫《な》でてあげる。

「今日はもう寝る時間よ。また明日、起きたら美味しい食事を食べて、昼間は……そうね、一緒に窓辺で日向《ひなた》ぼっこをしましょう。大丈夫、わたくしはあなたを誰かに売ったり、捨てたりしないわ」

眠気を感じたのか彼の目が細められる。彼が寝入るまで横に置かれた椅子に座り、静かに頭を撫でていれば、疲れていたのかあっという間に眠りに落ちた。

バーンズ伯爵夫人の下に売られて二年と聞いていたものの、恐らくそれよりもっと前から奴隷として生きてきたのだろう。その間に様々な人間に買われ、酷《ひど》い扱いをされていたのだとしたら、心身共に限界を迎えても不思議ではない。

むしろ魔王の生まれ変わりのせいで体が頑丈だったり、精神的に強かったりしたのだとすれば、それは彼にとっては却《かえ》って苦痛だったのではないか。

最初に出会った時のように、心を閉ざして何も感じず、命令に従うだけの人形になっていたほうが良かったのだとしたら……。

「……人間を憎悪するのも当然だわ」

最後にもう一度、そっと頭を撫でてから席を立つ。

控えの間を出て、侍女に声をかける。

「あの子がよく眠っているようなら、起きるまでそのままにしておいてあげて」

……わたくしも少し疲れたわ。

入浴し、夜着に着替えたら侍女達を下がらせる。

夜は眠る前に少しだけ読書をして過ごすのが日課だ。

本棚《ほんだな》の前に立ち、どの本を読もうか考え、ふと気付く。

……あの子、文字は読めるのかしら？

そもそも、わたくしより歳上《としうえ》の男の子を『あの子』と呼ぶのも変なのだろうが、十八歳にしては雰囲気《ふんいき》が幼い。読み書きも礼儀作法《れいぎさほう》も出来ないかもしれない。

……そうだとしたら教師を雇う必要があるかしら？

奴隷に教師なんてと言われようとも、わたくしが庇護《ひご》すると決めた以上は中途半端なことはしたくないし、読み書きや礼儀作法を覚えることは彼のためにもなる。

しかし、お兄様達と引き合わせれば魔王の記憶を取り戻す。

……その辺りは記憶を取り戻してから決めたほうが良さそうね。

「でも、今は記憶がないのよね……」

わたくしが一番好きなのは記憶を取り戻した魔王様だ。

けれども、今の彼が嫌いというわけでもない。

頼りない黄金色の瞳に縋《すが》りつくように見つめられると、可愛《かわい》くて、頭を撫でてあげたくなる。

……これではまるでペット扱いね。

記憶を取り戻した時、魔王様は怒るだろうか。

「クローデットはどうしていたのかしら？」

はあ、と溜め息が漏《も》れる。

なんだか本を読む気分ではなくなってしまった。

燭台《しょくだい》の明かりを吹き消し、ベッドに入る。

本当は『ディミアン』と呼びかけてあげるべきなのだろうが、彼の口から、自分の名前を聞いてから呼びたい。

……それもわたくしのわがままなのよね。

名前を呼んだほうが距離は縮まると分かっている。

名前を呼ぶことは相手の存在を認め、肯定することなのだと、どこかで聞いた気がする。

「……いつか、わたくしの名前を呼んでくれるのかしら？」

『ヴィヴィアン』と呼んでもらえたら、きっと天にも昇る心地だろう。

だが、ゲームの中では彼が名前を呼ぶのは魔族とクローデットしかいなかったから、記憶を取り戻したら、魔人《ハーフ》のわたくしの名前は二度と呼んでもらえなさそうだ。

……いいえ、呼んでもらえなかったとしても構わないわ。

推しを助け、少しの間でもこうして接せられたのだから、それだけで十分だ。

もう少ししたらお父様達に彼を紹介しよう。お母様とお兄様はすぐに気付くだろう。

そして魔王の記憶を彼は取り戻す。

奴隷の首輪を外せと言われると思うが、たとえお母様やお兄様に恨まれても、外させない。

……魔王様に殺されるかも。

奴隷の首輪があると言っても、魔王様ならきっとわたくしなんて簡単に殺せるはずだ。

「もちろん、死ぬつもりはないけれど」

推しの死をまだきちんと回避出来ていないのに、死ぬなんて絶対に嫌だ。

「……少し気が重いわね」

とにかくしばらくの間、わたくしなりに彼を大事にしよう。

＊　＊　＊　＊　＊

妹のヴィヴィアンが奴隷を購入してから二日。

ルシアンは使用人達にヴィヴィアンと奴隷について、逐一《ちくいち》報告を上げさせていた。

先日「距離を置こう」と妹に言われてから、ルシアンは逆に妹のことが気になってしまい、落ち着かない気分でここ数日を過ごしている。

その原因のヴィヴィアンは何かと奴隷の世話をしているらしい。

朝起きて身支度《みじたく》を整え、朝食を摂《と》った後に奴隷にも食事を与え、手紙などの確認をしつつ奴隷を構ってやり、部屋で奴隷と共に昼食を摂ってから、午後は奴隷に本を読み聞かせたり、膝枕をしてやったりしているそうだ。

……奴隷相手にどうしてそこまで。

よほど容姿が気に入ったのだろうか。

だが、買い物に出掛ける前にヴィヴィアンは「お母様とお兄様が喜ぶもの」と言っていた。

その奴隷のことを指しているのであれば、一体どのような意味であの言葉を口に出したのか、謎が深まるばかりであった。

朝食の席でヴィヴィアンは言った。

「そろそろ奴隷が慣れてきたようなので、紹介します。午後にお時間をいただけますか？」

それに全員が頷《うなず》いた。

元より、誰もがヴィヴィアンの購入した奴隷のことや、ヴィヴィアンが何を考えているのかを知りたがっていたので、むしろ『やっとか』という気持ちのほうが強かった。

待たされたのはたった二日のはずなのに、妹と食事の席以外で顔を合わせなくなってから、まるで何十日も過ぎたかのようだった。

……今になって気付かされるなんてね。

ルシアンはヴィヴィアンのことを『形だけの家族』だと思っていた。

いつか、魔王様を見つけ出した時、この国を抜け出すことになった時、置いていく存在。

そう考えていたはずなのに、いつの間にか、ヴィヴィアンから「お兄様」と嬉しそうに呼ばれることに慣れてしまった。

だからこそ、ここ最近の妹の態度が気に入らなかった。

これまで適当にあしらってきたせいだと分かっている。

今まで与えられてきた妹の愛情を失ったと思うと面白くはないし、反省もした。

ヴィヴィアンへの無関心さにいつから気付かれていたのかは分からないが、妹なりに、今までルシアンの気を引こうとしていたのかもしれない。

そして、ルシアンからの愛情を諦めたのだとしたら、ヴィヴィアンの兄への関心が失われたという意味でもある。

自分勝手な考えだが、そのようなことはありえない、とずっと無意識に思っていた。

だが、実際にヴィヴィアンはルシアンに付き纏《まと》うのをやめて、新しく購入した奴隷を構っている。

午後になり、ヴィヴィアンの奴隷に会うために居間へと移動しながら溜め息が漏れる。

……関係の修復は可能なのだろうか？

少し苛烈《かれつ》な性格のヴィヴィアンは、色々なものに執着するけれど、一度捨てたものには見向きもしないところがある。

……もう一度、きちんと謝ろう。

ルシアンはこれまで後悔《こうかい》したことも、心から謝罪したこともなかった。妹が許してくれるとも限らない。

もう一度、溜め息を吐きながら居間の扉を叩き、ルシアンは中へと入った。

室内には父と母が既にいた。

ルシアンが扉から数歩、離れたところでまた扉が叩かれる。

「あら、お待たせしてしまい申し訳ありません」

ヴィヴィアンがそう言い、開けたままの扉の向こうへ声をかける。

「さあ、こちらへいらっしゃい」

その声は驚くほど優しいものだった。これほど穏やかなヴィヴィアンの声は初めてで、全員が驚き、そして、次の瞬間には別の意味で驚愕《きょうがく》した。

扉の向こうから俯《うつむ》き加減で入ってきた奴隷。

まだ少し傷んでいるものの艶《つや》のある白銀の髪に、黄金を溶かしたような輝く瞳、美しい褐色《かっしょく》の肌。

その整った顔立ちはルシアンも遠い昔に何度か見る機会はあったが、それよりもずっと幼い。

「……っ、魔王、様……？」

思わず漏れた声はルシアンのものか、それとも母イザベルのものか。もしくはその両方だったかもしれない。

記憶の中よりもずっと幼いが、間近で見て、直接会ってその力を感じることで本能が叫ぶ。

……この方こそ、長年探し続けた魔王様だ!!

気付けば、ルシアンとイザベルは膝をついていた。

「我が君、またお会い出来たこと、光栄に存じます」

イザベルの言葉に主君が戸惑う。

イザベルがルシアンを見てきたので、ルシアンは頷いてから「失礼いたします」と声をかけて立ち上がった。主君が一歩下がったものの、その腕にヴィヴィアンが優しく触れた。

「大丈夫、お兄様はあなたを傷つけないわ」

……まさか、ヴィヴィアンは全て知っていた？

その確信に満ちた声に驚き、ルシアンは少し戸惑ったけれど、今は自身のやるべきことをしなければと主君に近寄る。

「我が君、お手をお貸しいただけますでしょうか？」

恐る恐る差し出された左手にルシアンは触れた。

直に感じる主君の力と気配に歓喜に震えた。

そして、ルシアンは懐《ふところ》から小さな宝石を取り出すと、それを主君の手に握らせた。

瞬間、目を開けていられないほどの眩《まばゆ》い光が室内を満たす。

その光は数秒で収まり、ルシアンは主君を見た。

閉じられていた瞼《まぶた》が開き、その向こうにある黄金色の瞳に強い意志が宿ったことを感じ取った。

「——……ああ、久しいな。イザベル、ルシアンよ」

ルシアンはこの瞬間をずっと求めていた。

＊＊＊＊＊

その声を聞いて、わたくしは喜びと寂しさを覚えた。

……もう可愛《かわい》いあの子ではなく、魔王様なのね。

そっとその腕から手を離す。

お父様が一人、置いてきぼりになっていた。

けれども、立ち上がったお母様がお父様に手を翳《かざ》すと、お父様の表情がぼうっとしたものになり、そしてソファーに崩れるように倒れ込んだ。

一瞬ギョッとしたが、眠っているだけのようだ。

「あれからどれほどの時が経った？」

魔王様の言葉にお兄様が答える。

「三百二十四年、経過いたしました」

「そうか。長き間、二人とも大儀《たいぎ》であった」

「っ、勿体《もったい》なきお言葉でございます」

普段は何があっても微笑《ほほえ》みを絶やさないお兄様とお母様の感極まった表情と、二人に歩み寄る魔王様の背中を、わたくしはぼんやり眺めた。

　ふとお兄様と目が合った。

「ヴィヴィアン、君は知っていたのかい？」

　その問いにわたくしは苦笑した。

「それは何についての質問かしら。わたくしが魔人であること？　お母様とお兄様が魔族であること？　それとも、この方が生まれ変わった魔王様で、魔族が探していた存在だということ？」

「……全て分かった上で購入したのか……」

　魔王様と分かっていて奴隷《どれい》として買ったことを、お母様もお兄様も怒るだろうかと思ったが、予想に反して二人は酷《ひど》く困惑した様子だった。

　わたくしには自分が魔人であることを一生告げないつもりだったのかもしれない。

「申し上げた通り、お母様もお兄様も喜ぶことになったでしょう？」

　そして、彼が振り返る。

　黄金色の瞳に縋《すが》るような弱さはもうなかった。

　目の前に推しがいて、生きて、動いている。

　寂しさと感動とで体が震えた。

　彼が近づいてくると、わたくしの頬《ほお》に触れた。

「ヴィヴィアンよ」

返事をしようにも声が出なかった。

「そなたは何故、我を買った？」

「……説明したいけれど、きっと理解してもらえないわ」

そもそも、なんと伝えればいいのかも分からない。

ここはゲームの世界で、あなた達はキャラクターで、魔王様は死ぬのだと。そんなこと、言葉にしたくもない。ゲームによく似ていたとしても、本当にゲームの世界だったとしても、わたくし達はこうして生きて、自分で考えて動いている。画面の向こうの物語ではないのだ。

俯きそうになった顔が彼の手で上げられる。

「では、そなた自身の記憶に問おう」

彼の黄金色の瞳が虹色に煌《きら》めいた。

視線を合わせられ、その瞬間、頭の中にこれまでの記憶が濁流《だくりゅう》の如《ごと》く流れていく。

ヴィヴィアン・ランドローとして生きてきた十四年。

それよりも前、この世界とは別の世界にいたわたしの人生。

最後に遊んでいた『クローデット』の物語。

記憶を取り戻したわたくしのこれまで。

まるで追体験をするように記憶が一瞬で流れ、そして『今』に着地する。

あまりに情報量が多くてふらついたわたくしの体が彼に抱き抱えられるけれど、力が入らない。

「ふむ、少々負担が大きかったか」

彼の声がして、体がふわりと持ち上げられる。

そうして、一人掛けのソファーに降ろされた。

……あら、もしかしなくてもわたくし、今、推しに抱き上げられたのかしら……？

混乱する頭で気付けたのはそれだけだった。

「そなたの記憶を読み取らせてもらったが、なるほど、興味深い」

彼が口角を引き上げて小さく笑う。

「我を生かすために奴隷にするとは面白いことを考えたな」

……ああ、本当にわたくしの記憶を見たのね。

伸びてきた彼の手が、わたくしの頭に触れ、そっと髪を一房取るとそこへ口付けた。

「いいだろう、そなたを我が主人と認めよう」

沈みゆく意識の中で、それだけは聞き取ることが出来た。

＊　＊　＊　＊　＊

記憶を無理やり読み取ったせいか、ヴィヴィアンは眠りに落ちた。

寝息を立てている主人を魔王はしばし眺めた。

近づいてきたルシアンに声をかけられる。

「魔王様……？」

「なんでもない」

視線を向ければ、ルシアンが嬉しそうに目を細めた。

聖人に力を封じられたが、完全に封じ切られる前に転生したものの、半分以上の力はいまだ出せない状況である。それでも使える力でヴィヴィアンの記憶を見て、一番に思ったのは『愛されている』という感情だった。

どうやらヴィヴィアンには、この世界とは異なる別の世で生まれ育った記憶があるらしく、そこで、不思議な道具によりこの世界のことを知ったようだ。

そうは言ってもこの世界に起こる全てを知っているのではなく、ある人物に関係する一時期だけしか分からなかったが、その中で魔王は死んでしまう。

それをヴィヴィアンは阻止したがっていた。

「ヴィヴィアンは我同様、転生前の記憶が少しばかりあるらしい。その記憶の中では我はとある少女と出会い、そしてその少女と仲間達に倒されてしまうようだ。我を奴隷として購入したのは、いざという時、人間と戦わないよう主人として命令することで、我をその人間達と敵対関係にならないようにしたかったらしい」

「それは、つまり……」

「うむ、ヴィヴィアンは魔王《われ》を生かしたがっている。我ら魔族の敵ではない。我の味方であるな」

自身が憎まれようとも、助けたい。守りたい。愛したい。

そんな感情が記憶と共に流れ込んできた。

魔族《どうぞく》から尊敬され、畏怖《いふ》され、崇拝《すうはい》されることはあっても、そのような感情を向けられるのは初めてだった。

……だが、それがどこか心地好い。

記憶を取り戻す前の記憶も魔王の中にはあった。

ヴィヴィアンは優しく、穏やかで、記憶のない魔王を甘やかし、彼女なりに愛を与えてくれた。

たった三日間だが、ヴィヴィアンと過ごした間を思い出すと心が穏やかになる。

「決めたぞ、イザベル、ルシアン」

人間への憎しみや怒り、不快感などは今も消えはしない。

だが、ヴィヴィアンをもう少し見ていたい。

もしヴィヴィアンの夢が真実であるならば、今すぐ動き、その少女達と敵対関係になるのは危険すぎる。何せ、その少女は聖女に選ばれるのだ。魔王である自身とは相性が悪い。

転生前に戦った聖人を思い出してしまい、不快感が増す。

……聖女と心通わせるなど、ありえない。

あれらは魔族を討《う》ち滅ぼす者達だ。

共に手を取り合って生きる未来などない。

「我はヴィヴィアンの奴隷として過ごす」

イザベルとルシアンが驚愕《きょうがく》の表情を浮かべる。

「ご、ご冗談を……」

「冗談ではない。ヴィヴィアンの記憶では、二年後、聖印が現れ、この国で聖女が選ばれる。今、人間と戦争を行えば前回と同じ結果になるやもしれぬ」

「機を待つ、ということでしょうか？」

イザベルの問いに魔王は頷《うなず》いた。

「そうだ。もし聖女が現れなければ、その間に人族との戦争に向けて力を蓄《たくわ》えれば良い。そして聖女が選ばれた場合は消す必要がある」

「かしこまりました」

「その際はお前達にも動いてもらうぞ」

「御意《ぎょい》」

イザベルとルシアンが膝をつく。

数百年ぶりのその光景に魔王は口角を引き上げた。

「まずは他の者達と連絡を密にせよ。それから封印を解くために、聖力の込められた宝石も出来る限り手に入れろ。……この忌《い》まわしい封印は聖なる力でしか解けない」

二人が「はっ、魔王様のお望みのままに」と答える。

昔からイザベルは魔王への崇拝が強く、そのイザベルの一部を核に生み出されたルシアンもまた、同様に魔王を崇拝している。

この二人の下に来られたのは幸運であった。

それもこれも、ヴィヴィアンのおかげである。

魔王は主人に近づき、そっとその手に触れる。

「今しばらく、我が命はそなたに預けよう」

半人半魔の魔王と公爵令嬢。

面白い組み合わせがあったものだと、魔王は微笑《ほほえ》んだ。

第二章……悪役令嬢と主人公

魔王様が記憶を取り戻した。

けれども、わたくしの奴隷《どれい》のままでいる気らしい。

わたくしの記憶を読み、しばらくはわたくしの好きにさせてくれるようだ。

お母様もお兄様からも反対はされなかった。

「ヴィヴィアンよ、我のことはリーヴァイと呼べ」

「……ディミアンではなく？」

「それは転生後の仮初《かりそ》めの名に過ぎん」

というわけで、魔王様をリーヴァイと呼ぶこととなった。

……原作ゲームでは『ディミアン』だったけれど。

もしかしたら人間相手に本当の名前を名乗る気がなかったのかもしれないが、魔王様の名前を教えてもらえたのは嬉しかった。

魔王様――……リーヴァイはなんと言うべきか、ノリの良いところがあるらしい。

形だけわたくしの奴隷でいるのかと思いきや、彼はきちんと読み書きを習い、使用人から仕事を教わり、この二月《ふたつき》の間にわたくしの正式な侍従《じじゅう》となった。

こちらの心配を他所《よそ》に、侍従の仕事を楽しんでいる。

「使用人というのも、なかなかに愉快だ」

魔王が使用人と食事を共にしていると知ったら、きっと大半の人々は『嘘だ』と思うだろう。

使用人達には公爵家の遠縁の家の令息が働きに来た、ということで説明してあるそうで、意外にも使用人達とはそれなりに仲良くやれているみたいだ。

お父様はお母様が魔族であることを知っていて、リーヴァイが魔王であることも知ったが、黙ってくれている。

そして、わたくしとお兄様は微妙な距離感のままだ。

お兄様は魔王であるリーヴァイが見つかったことで忙しいらしく、なかなか顔を合わせる機会もなかったし、会ったとしても食事の席くらいなのでじっくりと話すこともない。

ただ、お兄様からいつも視線を感じる。

しかし、そのまま何事もなく、わたくしは十五歳を迎えた。

「十五歳の誕生日、おめでとう」

「ヴィヴィアン、おめでとう」

「ありがとうございます、お父様、お母様」

お兄様はやはり忙しいようでいなかった。それに少し寂しいと思いながらも、わたくしは努めて笑みを浮かべ、いつもより豪華な夕食とケーキを堪能《たんのう》した。

十五歳の誕生日の贈り物は要らないと言ったけれど、お父様もお母様も、結局贈り物をくれた。

お父様からはわたくし専用の馬車を。

お母様からはお小遣いと称して、リーヴァイ購入にかかったお金より多くの金貨をもらった。

お兄様はその場にいなかったけれど、綺麗《きれい》な赤いドレス。

……わたくしが、赤色が好きだと知っていたのね。

お兄様のことを考えていると、食後にお父様に声をかけられた。

「話がある。大事な話だから、私の書斎に行こう」

何故かお母様の表情もあまり明るくない。

その後、お父様の書斎へ移動する。

普段は仕事の邪魔をしてはいけないと思い、あまり訪れないようにしていたので、お父様の書斎に入るのは久しぶりだった。

本やインク、お父様がよく吸うパイプの匂《にお》いがした。

お父様とお母様がソファーに並んで座り、わたくしも二人の向かい側にあるソファーへ腰掛けた。

誕生日のお祝いをしてくれた時はとても優しかったお父様の表情が、今はとても険しいものになっている。

「それで、大事なお話とはなんでしょうか？」

なかなか話し出せない様子のお父様へ声をかければ、お父様が小さく溜め息を吐いた。

「……実は、陛下から婚約の前段階のような話が来た。王太子の婚約者としてどうか、と」

「お断りいたしますわ」

つい、お父様の言葉を遮《さえぎ》るように返してしまう。

しかし、これだけはハッキリさせておきたかった。

「わたくしは王太子妃も王妃の座も、興味ありませんの」

記憶を取り戻す前のわたくしであったなら、国で最も高貴な立場の女性というのは魅力的だったかもしれない。

特別な自分に相応《ふさわ》しい地位と思っただろう。

……でも、王太子妃も王妃も大変じゃない。

常に誰かがそばにいて、王家の規則や礼儀作法《れいぎさほう》を厳格に守らねばならないし、大勢の人々から見《み》世物《せもの》みたいに眺められるのも嫌だ。

「わたくしは自由に生きたいですわ。それに、大勢に傅《かしず》かれるより、最も愛する方だけに傅かれるほうがずっと嬉しいですもの」

「もしかして、もうそのような相手がいるのか？」

「ええ、わたくし、リーヴァイを愛しておりますのよ」

わたくしの言葉にお父様とお母様が驚いている。

……まあ、お父様もお母様も気付いていなかったのね？

「それが叶わない願いでも、ヴィヴィアン。お前は彼を愛し続けるつもりか？」

お父様の問いにわたくしは笑った。

「あら、お父様、それは間違いですわ。わたくしの『愛』は彼を手に入れることではありません。リーヴァイが幸せになること。そう、推しの幸せこそがわたくしの願いですわ」

「おし？　……つまり、彼と結婚出来なくてもいいと？」

「そもそも魔王様が魔人のわたくしと結婚など、魔族の皆様が反対なさるでしょう。魔族も人間も互いを憎んでおりますから」

お父様は困惑し、お母様も困ったように微笑んでいる。

わたくしがリーヴァイと共にいるには『主人と奴隷』の関係しかない。

そのわがままでしか魔王のそばにいられないだろう。

……いつか魔族に殺されてしまうかもしれないわね。

「とにかく、わたくしは王太子殿下と婚約はしませんわ」

＊　＊　＊　＊　＊

十五歳の誕生日から半月後。王家から、お父様宛《あ》てに招待状が届いた。

お父様が断ったものの、国王陛下はわたくしの婚約をまだ諦めてはいないようで、手紙はわたくしとも話をしたいという内容だった。

お父様と登城しようとしていたところにお兄様が帰ってきて、話を聞くと難しい顔をした。

「父上、僕も同行しても良いでしょうか？」

「それは構わんが……」

お兄様がわたくしを見る。

「可愛《かわい》い妹が嫌がることはさせたくありませんので」

そうして、三人で王城へと向かった。

王城に着くと、すぐに案内役の使用人に城の奥へと通された。

初めての王城だったが緊張することはなく、むしろ、断ったのにしつこくされて少し嫌な気分だった。

応接室の一つに通される。謁見《えっけん》の間ではないのは、正式な面会ではないのと、婚約の無理強《むりじ》いをすることで公爵家との仲を悪くしたくないからだろう。王家は公爵家の力を望んでいる。応接室には金髪の男性と銀髪の女性がいたが、王太子らしき人物の姿はない。そのことに内心でホッとした。

「ランドロー公爵。令息と令嬢も、よく来てくれた」

男性の言葉にお父様が礼を執《と》る。

「我が国の太陽と月、両陛下にご挨拶《あいさつ》申し上げます」

お父様に倣《なら》ってお兄様とわたくしも礼を執った。

国王は優しそうな方で、王妃は少し厳しそうな方という、正反対の印象を受けた。

促されてソファーに着席する。

一通りの挨拶を済ませると、本題を切り出された。

「手紙にも書いた通り、今日呼んだのは息子との婚約についてなのだが、ランドロー公爵令嬢とも話をしたくてな。公爵は『お断りします』の一点張りなのだ」

「年齢も爵位もつり合うあなたに是非《ぜひ》、王太子の婚約者になってもらいたいの」

国王と王妃の笑顔にわたくしは察した。

……お父様が娘可愛さに手放したくないから、断っていると思っていらっしゃるようね。

確かにお父様はわたくしを愛してくれているし、甘やかされている自覚もあるし、結婚に対しても「お前は政略結婚などする必要はない」と言われている。

ランドロー公爵家は王国でも一、二を争うほど家格が高いので、王家に嫁《とつ》ぐには身分は十分だし、お母様は他国の貴族令嬢ということになっているから血筋も申し分ないと思われたのだろう。

事実、ゲーム内での説明ではヴィヴィアンは王太子の婚約者になっても周囲から反対されることはなかった。王太子妃教育の結果も良かったはずである。

……だからこそ、エドワードは劣等感を覚えたのよね。

自分よりも後から教育を受け始めた婚約者のほうが覚えも良く、両親から可愛がられていたら面白くはないだろう。

「エドワードは王妃に似て容姿も美しいし、ランドロー公爵家の一人娘である令嬢の婚約者としても良いと思わないかね？」

エドワードの顔を一瞬思い出したものの、わたくしの推しである魔王様《リーヴァイ》とは違う方向性の美形である。エドワードが中性よりの美青年だとしたら、リーヴァイは男性的な美丈夫《びじょうふ》であり、わたくしは断然後者のほうが好きだった。

「お申し出は大変光栄なのですが、辞退させていただきます」

「何故だ？　王太子妃、ひいては次代の王妃となれるのだぞ？」

国王の問いにわたくしは満面の笑みを浮かべた。

「既に心に決めた方がおりますので。それに、わたくしには王太子妃も王妃の地位も少し窮屈《きゆうくつ》に感じてしまうのです」

王妃が不思議そうな顔でわたくしを見る。

なんとなく王妃の気持ちは分かった。

国で最も高貴な地位である王妃となれば、誰もその言動に対して反対する者はいないだろう。

……でも、それはわたくしの思う自由ではない。

「わたくしの思う自由とは『愛する人を愛せる自由』『自分らしくいられる自由』『人の目を気にしない自由』なのです」

「それらが私《わたくし》にはないと？」

王妃が不快そうに目を眇《すが》める。

「少なくとも、わたくしからはそのように見受けられます。政略結婚も、王家の規則も、常に立ち居振る舞いを見られることも、わたくしは望みません」

「……はっきり言うのね……」

「両陛下の前で嘘は申し上げられません」

国王と王妃が黙った。

そこにお父様とお兄様が言葉を重ねる。

「私の一存ではなく、お断り申し上げたのは娘の意志でございます」

「妹が幸せになれないと分かっていて、婚約を結ぶことなど出来ません。公爵家次期当主としても今回のお話は賛同しかねます」

「一人の父親として、私も娘には幸せになってもらいたいと願っております」

シンと静まり返る。沈黙が重い。

これは国王の意思に背くことになる。

「もし、両陛下の意思に背くわたくしが許されないというのであれば、ランドロー公爵家を出る覚悟も出来ています」

お父様とお兄様がわたくしの名前を呼ぶ。

……だって、愛する家族に迷惑はかけたくないわ。

もしわたくしのわがままのせいでランドロー公爵家が不利になるようなことがあるのなら、公爵家から籍を抜き、わたくしは平民になるしかない。

そうすれば、王命に背いた罰にもなるだろう。

「何故、そこまでしてまだ会ったことのない息子との婚約を厭《いと》うのだ？」

「心から愛する方と、まだ会ったことのない方、どちらを選ぶかという話でございます。愛のない人生を歩むくらいならば、たとえ想い人と添い遂《と》げられなくても、愛を貫ける人生を選びますわ」

原作のヴィヴィアンはエドワードを愛した。

そこには容姿の良さだけでなく、王族との結婚、次代の王妃という魅力があったのかもしれない。

しかし、エドワードはわたくしを愛することはない。

「……そうか」

国王が難しい顔をする。

「だが、婚約者候補から外すことは出来ない」

「っ、陛下……!!」

お父様が、鋭く非難の声を上げる。

そのような激しい声は初めて聞いた。

「しかし、婚約せよとも言えん」

「我が国の未来を思えば、ランドロー公爵家と縁を繫《つな》ぐのは重要ですもの。それには婚約し、繫がりを深くするのが最も効果的ですわ」

「その通りだ。しかし、他の候補の資質を見る時間も必要だ」

つまり、今すぐに婚約することにはならなそうだ。

それでもエドワードとの婚約の可能性が消えたわけではなく、他の候補者達が王太子妃に相応《ふさわ》しくないと判断されれば、結局、王命でわたくしは婚約者になるのだろう。

けれど、国王も王妃も険しい表情を崩すことはなかった。

「そなたらの意志は理解した。しばらく、期間を置こうではないか」

それでわたくしの気持ちが変われば、という話なのだろうが、残念ながらそれはありえない。

わたくしはもう唯一《おし》に出会ってしまったから。

しかし、そのことをここで言ったとしても国王の機嫌を損《そこ》ねるだけである。

わたくし達は挨拶をして、礼を執り、下がった。

お父様もお兄様も表向きはいつも通りの表情だったけれど、空気がピリピリとしていて、今回の話に不満を感じていることが窺《うかが》えた。

王城から馬車に乗り、公爵家へ向かう馬車の中で、お父様もお兄様も車窓《しやそう》から外を眺めていた。

……二人とも、わたくしのことを考えてくれていたんだ。

貴族の令嬢は基本的に政略結婚が当たり前だ。

だからお父様の「政略結婚などしなくていい」という言葉は、とても特別で、それだけ愛してくれているのだ。

お兄様も、国王と王妃に対してあんなにハッキリと反対してくれた。

「お父様、お兄様。私のために怒ってくださり、ありがとうございます」

二人が同時にこちらを見る。

「父親として当然のことをしただけだ」

「僕もヴィヴィアンには笑顔でいてほしいからね」

二人が優しく微笑《ほほえ》む。

……もしかしてお兄様のこと、勘違いしていたのかしら？

原作では妹ヴィヴィアンに対してルシアンは関心を持たなかったけれど、もしかしたら、違うのだろうか。

「……お兄様」

「本当にごめんね、ヴィヴィアン。少し前まで僕は君にあまり関心がなかった。認めよう。でも、今は兄として、妹の君に関心があるつもりだよ」

伸ばされたお兄様の手がわたくしの頭に触れる。

……お兄様の言葉を信じたい。

どういう理由があって関心が生まれたかは知らないが、少なくとも、今のお兄様はわたくしに関心があって、婚約の話にもわたくしのために反対してくれた。

申し訳なさそうな表情のお兄様を見る。

「……分かりました」

「これからは距離を置かないでもらえると嬉しいな」

「でも、わたくしの今の関心はリーヴァイに向いていますす」

「うん、そうだろうね」

お兄様が苦笑し、わたくしの頭から手が離れる。

「わたくし、お兄様のことも、もちろんお父様のことも大好きですわ。お母様も。だってわたくしの大切な家族ですもの」

お兄様を嫌いになるなんてきっと無理だ。

だって、わたくしのたった一人のお兄様だから。

＊　＊　＊　＊　＊

リーヴァイを購入してから、四ヶ月が経った。

彼は読み書きだけでなく、使用人の立ち居振る舞いや仕事など色々なことも学んだようだ。

侍従《じじゅう》のお仕着せに身を包んだリーヴァイはかっこいい。

……一言で感想を述べるなら『最高』だわ……!!

「どうだ？　なかなか様になっているだろう？」

相変わらず不遜《ふそん》な言葉遣いだが、妙に似合っている。

わたくしはそれに頷《うなず》いた。

「ええ、とても似合っていらっしゃいますわ」

「ヴィヴィアンよ、そなたは我が主人だ。主人が奴隷《どれい》に丁寧《ていねい》に対応してはおかしいのではないか？」

「ですが、失礼ではございませんか？」

「我が許す。気楽にせよ」

それにわたくしは笑ってしまった。

リーヴァイ本人が『主人と奴隷の立場』について言及したのに、主人のわたくしへの不遜な態度は、まるで彼のほうが主人のようだった。

「分かったわ。改めてよろしくね、リーヴァイ」

そして数日後、お母様と共に招待されたお茶会に侍従としてリーヴァイを連れていくことにした。

＊　＊　＊　＊　＊

門を越えて少しすると馬車が停まった。

先にリーヴァイとお母様の侍女《じじょ》が馬車から降りる。

次にわたくし、そしてお母様も馬車から降りれば、そこには本日のお茶会を主催したフラハティ侯爵家の屋敷があった。

公爵邸と遜色《そんしょく》ないほどの大きさからしても、フラハティ家がいくつかある侯爵家の中でもかなり裕福なのが窺える。使用人に招待状を見せ、お茶会の会場に案内してもらう。

どうやら中庭が会場のようで、季節の花々が咲いた美しい庭園にテーブルや椅子《いす》が置かれ、大半の招待客は既に到着していた。

フラハティ侯爵夫人がこちらに気付くと立ち上がる。

「イザベル様、ようこそお越しくださいました」

お母様は何度もフラハティ侯爵家の夜会やお茶会に参加しているので、夫人と面識がある。

「お招きいただけて嬉しいですわ。それに娘の参加も許してくださって、感謝いたします」

「イザベル様のお嬢様をお招き出来るなんてこちらこそ光栄ですわ」

フラハティ侯爵夫人は柔らかな茶髪に淡い黄緑の瞳をした、鼻の上にちょっとだけあるそばかすが愛嬌《あいきょう》を感じさせる、優しそうな女性だった。

お母様いわく『貴族の中では珍しく温厚で裏表のない人』らしく、雰囲気《ふんいき》からもそれが感じられた。

目が合うとフラハティ侯爵夫人が微笑む。

わたくしも微笑むと嬉しそうな顔をされた。

「さあ、イザベル様もお嬢様もこちらへどうぞ」

と促されて席に着く。

丸テーブルに四人が座れるようになっており、お母様とわたくし、フラハティ侯爵夫人、そしてもう一人、夫人がテーブルに座っていた。

他にもテーブルはいくつかあり、それぞれに夫人や令嬢がいるが、どうやらフラハティ侯爵夫人は気を遣ってくれたようだ。

もう一人の夫人はガネル公爵夫人で、わたくしより一つ歳下《としした》の令嬢を持つ。そしてその令嬢はわたくしとお友達でもあり、ガネル公爵夫人はお母様とも友人だった。

ガネル公爵夫人は華やかな赤い髪に紫の瞳をしている。

わたくしと目が合うとガネル公爵夫人が微笑んだ。

その派手な容姿を裏切らない性格なのだとお母様から聞いているけれど、わたくしがガネル公爵家に遊びに行っても穏やかなところしか見たことがない。

「改めて、私の娘、ヴィヴィアンですわ」

「ランドロー公爵家の長女、ヴィヴィアン・ランドローと申します。先日十五歳を迎えました。どうぞヴィヴィアンとお呼びください。本日はお茶会へお招きいただき、ありがとうございます」

「初めまして、ヴィヴィアン様。フラハティ侯爵家当主イーデンの妻、ナタリア・フラハティと申します。私のこともどうぞナタリアとお呼びください」

フラハティ侯爵夫人、改めナタリア様が微笑む。

それにガネル公爵夫人が「あら」と呟《つぶや》く。

「それなら私《わたくし》のこともジュリアナと呼んでほしいわ」

「そうね。ヴィヴィアン、せっかくですからそう呼ばせていただきましょう」

「はい、お母様。ジュリアナ様、ナタリア様、これからよろしくお願いいたします」

わたくしが緊張しなくて済むように、付き合いのあるジュリアナ様を同席にしてくれたナタリア様には感謝だ。貴族の令嬢は十六歳で正式にデビュタントとなるが、女性同士だけのお茶会の席ならば公《おおやけ》の場に慣れるために十五歳から出席することが許されている。

わたくしにとっては初めての社交の場であった。

ジュリアナ様が「ところで……」と視線をわたくしの後ろへ向けた。

「ずっと気になっていたのだけれど、どうして侍従を下げないのかしら？」

お茶会の場では使用人は少し離れた場所に待機させるものだが、リーヴァイはずっとわたくしの斜め後ろに控えている。

そう、女性の中に男性がいると、とても目立つのだ。

しかもリーヴァイは見目が良いので余計に目立つ。

「わたくしの一番のお気に入りです。お茶会で見聞きしたことを口外するような子ではありませんので、ご心配なく」

わたくしが左手を上げれば、そこにリーヴァイが頭を寄せる。

よしよしと頭を撫《な》でるとナタリア様が少し頰《ほお》を赤くした。

恐らくリーヴァイの首から覗《のぞ》く奴隷用の首輪に気付き、奴隷を購入した目的を想像してしまったのだろう。わたくしはそういうことをリーヴァイに強要するつもりはないが。

……まあ、誤解したままにさせておきましょう。

当のリーヴァイも頭を撫でられて嬉しそうだ。記憶を取り戻しても、取り戻す前の記憶も残っているそうで、わたくしに撫でられるのがお気に入りらしい。

……そもそも魔王様の頭を撫でようなんて猛者《もさ》、いないものね。

物珍しさもあるのだろうと好きにさせている。

「奴隷を連れ歩く夫人もいるけれど、初めてのお茶会から連れてくる人なんて誰もいなかったわ」

「だって、好きなものは常にそばに置いておきたいではありませんか。彼と数時間でも離れるだけで、わたくしは寂しくて嫌ですわ」

「イザベルも昔から独特な感性を持っているけれど、ヴィヴィアンもそのようね」

ジュリアナ様がおかしそうに笑った。

だが、馬鹿にしている感じはなく、予想外のことが面白くて仕方がないという様子だった。

リーヴァイが姿勢を戻し、わたくしも手を下ろす。

「でも、そんなところが不思議と魅力的なのよね」

羨《うらや》ましいわ、と言うジュリアナ様にお母様もわたくしも、微笑《ほほえ》むだけに留めておいた。

その後、少し会話を交わしてからナタリア様が立ち上がった。

「それでは他の皆様にも挨拶《あいさつ》をしてまいります。イザベル様、ジュリアナ様、ヴィヴィアン様はごゆっくりお過ごしください」

ニコリと微笑み、ナタリア様は別のテーブルへと向かっていった。

「そういえば、アンジュから手紙を預かっているわ」

「まあ、ありがとうございます」

ジュリアナ様が手を振ると、彼女の侍女だろう使用人が手紙を持って近づいてきて、それをリーヴァイが受け取った。

リーヴァイが受け取り、封を切って、手紙が差し出される。

すぐに内容を読み、わたくしはつい笑みが漏《も》れた。

そこにはジュリアナ様の娘であり、わたくしのお友達でもあるアンジュからの『今度遊びに来ませんか？』というお誘いが書かれていた。

アンジュは公爵令嬢にしては少々気が弱くて、でも、穏やかで優しい良い子である。

ただ、外見がジュリアナ様そっくりなので勘違いされることが多くて、彼女自身も母親のようにもっと自分の意見を言えるようになりたいと思っている。そんな子だ。

「今度ガネル公爵家に遊びに行かせていただいてもよろしいでしょうか？」

「ふふ、やっぱりお誘いの手紙だったのね。是非《ぜひ》いらしてちょうだい。あの子も喜ぶわ」

ジュリアナ様は夫のガネル公爵のことも、一人娘のアンジュのことも、とても愛している愛情深い方だ。だからこそ、記憶を思い出す前のわたくしはジュリアナ様もアンジュも好きだった。

……家族を大切に出来る人達だからこそ信じられる。

「アンジュ様の乗馬の練習は進んでいますか？」

以前「何か真剣に取り組むものがほしい」と言ったアンジュに提案した乗馬は、わたくしも習っているもので、貴族令嬢にありがちな刺繡《ししゅう》や詩作りよりずっと活動的である。

アンジュは引っ込み思案なところがあったので、自分に自信をつけるためにも普段はしないようなことに挑戦してみたらどうかと勧めたのだ。

その後、アンジュは本当に乗馬を始めた。

訊いても「まだ練習中だから……」と誤魔化《ごまか》されてしまっていたけれど、実は気になっていた。

ジュリアナ様が嬉しそうに微笑む。

「ええ、今は訓練場を一人で歩き回れるくらい上達したわ。ヴィヴィアン様と遠乗りに行きたくて頑張っているそうよ」

「そうですか。それは楽しみです」

これでもわたくしはそれなりに運動神経がいい。

乗馬も出来るし、体型維持のために剣も習っている。

……主人公《クローデット》と敵対する悪役なだけあって、原作でもきっとヴィヴィアンは優秀だったのね。

エドワードが自分よりも優秀だと劣等感を覚えるのも、分かる気がする。

「最初は乗馬なんて必要ないと思ったけれど、あの子には意外と合っていたのかもしれないわね」

「アンジュ様は心の優しい方ですから、馬ともすぐに仲良くなれたのでしょう。ああ見えて馬は繊細《せんさい》な生き物です。もしアンジュ様がずっと怯《おび》えていたり、粗雑に扱ったりしていたら、この短い期間でそれほど上手《うま》くはなれなかったかと」

「ええ、そうね、勧めてくれてありがとう。いつも俯《うつむ》きがちなあの子が、乗馬をしている時は真っ直ぐに顔を上げていて、そんな姿が見られて母親としてとても嬉しいわ」

……アンジュと遠乗りに行ける日はそう遠くないわね。

お友達と街や家でお茶をするのもいいけれど、馬に乗って、気が向くままに駆け回るのもきっと楽しいだろう。

それから、挨拶回りを終えたナタリア様が戻ってくる。

今回のお茶会はナタリア様が主催者なので、わたくし達が挨拶をする必要もないし、他の夫人や令嬢から話しかけられることもなく、初めてのお茶会は緊張もせずに過ぎていった。

お茶会を終え、馬車に揺られて帰る。

……帰ったらアンジュとナタリア様に手紙を書かないと。

アンジュとは早めに会いたいし、ナタリア様にも気遣ってもらったから改めてお礼を伝えたい。

「ヴィヴィアン、初めてのお茶会はどうだったかしら？」

お母様の問いにわたくしは微笑んだ。

「とても良い勉強になりましたわ」

お茶会では各家の人物同士の情報も必要になる。

不仲な者同士を相席にさせないよう気を配ったり、関わりのない家同士を近くに寄せないようにしたり、ナタリア様は色々と気を遣っただろう。

テーブルの配置は社交界の縮図である。

「これからはあなたもお茶会に招待されるようになるでしょう。そしてあなたが主催することもあるわ。ナタリア様は特に社交界の人間関係に聡い方だから、彼女を参考にするか、どうしても社交で悩む時は彼女に助言を求めるといいわ」

「お母様ではなく？」

「意外かもしれないけれど、私よりもナタリア様のほうが耳聡いのよ」

……それは本当に意外だわ。

馬車が公爵邸に到着し、夕食まで少し休憩《きゅうけい》を取ることにした。

リーヴァイを連れて部屋に戻り、外出用のドレスから普段着のドレスに着替えてホッと息を吐く。

ソファーに座るとリーヴァイが口を開いた。

「人間の女の茶会とは奇妙なものだな」

「そうかしら？」

「人気の店だの流行《はや》りのドレスだの、全《まった》く中身のないことばかり話していて何が楽しいのだ？」

「仕方ないわ。生まれた時からそういうものを好むように教育されて、女が政《まつりごと》や商売の話をするのはあまり良く思われないのよ」

外交を担《にな》っている王妃ですら、表立って政に口出しはしない。

男性優位の貴族社会で、女性が政について論じたり家の方針に逆らったりするのは許されない。

貴族の令嬢は親の管理下に、結婚するまでは父親に所有権があり、結婚後は夫に所有権が移る。

男性社会で出しゃばる女は好かれないということだ。

「ふむ、貴族の令嬢というのも存外、不自由なのだな」

リーヴァイの言葉に苦笑する。

「わたくしは良いほうよ。基本的にお父様はわたくしの好きなように過ごさせてくれるし、欲しいものは与えてくれるし、結婚だってわたくしの気持ちを尊重してくれるもの」

「結婚したいのか？」

「さあ、どうかしら？　今は特に考えていないわね」

ランドロー公爵家と縁を繋《つな》ぎたい家は多いだろうが、わたくしが結婚したいと思える貴族の令息がいるかどうか。

そもそも、王家から王太子の婚約者候補として指名されてしまったら、他の貴族が婚約を申し込んでくることはないだろう。

……あら、それはそれで好都合ね？

あえて婚約者候補でいて、適当なところで候補から抜けて、年齢や家柄の合う相手がいないと言って結婚せずにいるのもいいかもしれない。

「何より、結婚したらあなたを連れていけないじゃない」

男の奴隷《どれい》を連れて嫁入りするのは相手に失礼だろう。たとえわたくしがそういう目的ではないと言ったとしても、相手は『奴隷に夜の相手をさせるつもりだ』と感じるはずだ。

それで夫婦関係が悪くなるくらいなら、最初から結婚せずに独身貴族でいたほうが気楽である。

「そうか」

何故かリーヴァイが少し嬉しそうに目を細める。

手招きすれば、わたくしの足元に座り、わたくしの膝に寄りかかるように肘を置く。

そんなリーヴァイの頭を撫《な》でる。

「一度手に入れたものを手放すなんてありえなくってよ」

しかも、それが推しなのだ。手放すなんて勿体《もったい》ないこと、出来るはずがない。

頭を撫でるわたくしの手を、満更でもなさそうな様子で受け入れるリーヴァイにキュンとする。

……ああ、やっぱりそばに置いて愛《め》でられるのは幸せね。

＊　＊　＊　＊　＊

「ヴィヴィアン、ちょっといいかい？」

ティータイムの時間、お兄様が部屋に来た。

大事な話があると言うので中に招き入れ、侍女《じじょ》に紅茶を用意してもらう。

お兄様が侍女を見たので下がらせた。

「ありがとう。話とは、君に関することだ」

「わたくし、ですか？」

お兄様が頷《うなず》き、それから、改めて話してくれた。

お母様が始祖吸血鬼《トゥルーヴァンパイア》と呼ばれる、吸血鬼の中でも特別な存在で、お兄様はお母様の能力によって生まれた吸血鬼である。

遠い昔、今より魔族と人族の争いがもっと激化していた時代から二人は生きており、リーヴァイはその当時の聖人達に敗北してしまった。

聖人がリーヴァイの力を完全に封じようとしたため、力を完全に封じられる前に転生したという。

全ての魔族はそれ以降、生まれ変わったリーヴァイを探し続けていた。

お母様とお兄様は人間の国を転々とし、お父様と結婚したのも人間であるふりをするためで、公爵家ならばあらゆる情報を探すことも出来るし、お金も使える。

お母様はお父様の心を魅了するという能力によって掌握《しょうあく》した。

そしてお母様とお父様が結婚する。

吸血鬼は己の体の年齢を自由に操ることが出来るのだとか。お兄様は赤ん坊まで体の年齢を戻し、人間の成長速度に合わせて、歳《とし》を取っているように見せているらしい。

「だけど、母上が父上を愛していないわけではないんだ」

お母様はお父様を愛していた。

そして、二人の間にわたくしが生まれた。

生まれてきたわたくしは吸血鬼と人間の魔人《ハーフ》で、ほとんど人間に近く、吸血鬼の能力は使えなさそうだった。

「だから僕達は君が魔人であることを伝えなかった。ほとんど人間ならば、人間として生きていけばいいと思っていたし、魔王様を見つけ出した後も人間に紛《まぎ》れて間諜《かんちょう》として過ごすには、人間の父と妹がいれば疑われる心配がないからね」

でも、わたくしはもう自分のことも、お母様とお兄様のことも知っている。

「魔王様から君の記憶について教えていただいた」

「……どこまでお知りになりましたの？」

「今話した内容を君が知っていること。数年後に聖女が選ばれ、本来ならば聖女が魔王様を助け、その後に魔族と人族の戦争が激化し、魔王様が討《う》たれてしまうこと。……場合によっては僕や魔王様がその聖女に想いを寄せるかもしれないとも聞いたよ」

……つまり、ほとんどお兄様も知っているわけね。

思わず俯《うつむ》くとお兄様に頭を撫でられた。

「君の夢が本当になるかは分からないけれど、魔王様を購入出来たことからして、ただの夢とも思えない。僕達は今後、現れる聖女に注意することになるだろう」

どうしてそんな夢を見たのか。未来を知っているのか。そういった疑問はお兄様にもあるはずなのに、わたくしにそれをぶつけてくることはなく、お兄様は優しく微笑《ほほえ》む。

「遅くなったけれど、魔王様を見つけてくれてありがとう」

それまで黙っていたリーヴァイが口を開いた。

「ヴィヴィアンよ、心配せずともそなたの見た夢のようなことにはならぬ。現状、魔族と人族との間で戦争を起こしたら、今度こそ魔族は駆逐《くちく》されるだろう。昔より人間は圧倒的に数も増え、個々の魔族が強くとも、数の暴力には勝てぬ」

「僕達はしばらく様子を見ることに決めた」

「そうなのですね……」

それにホッとする。

少なくとも、すぐにお母様やお兄様と離れ離れになったり、リーヴァイが魔族領に帰ってしまったりということはないらしい。

お兄様が「それでね……」と言葉を続ける。

「今日は魔王様にヴィヴィアンの能力を視《み》てもらおうと思って。魔王様は相手の能力を把握《はあく》することが出来るんだよ。人間に近くても、ヴィヴィアンには吸血鬼の血が流れているから何かしらの能力は使えるはず」

……わたくしに吸血鬼の能力なんてあるのかしら？

「能力がなかったら？」

「それならそれで構わないよ。能力があればもしもの時に身を守りやすいし、普段から訓練しておけば力が暴走する心配もない。稀《まれ》に魔人でも、魔族の血が濃くて力が暴走した結果、殺されてしまう者もいるからね」

わたくしは人間の血が濃いのでその心配はなさそうだが、能力が何か使えるだけでも、いつかは役立つことがあるかもしれない。

魔王《リーヴァイ》をそばに置く以上、争いに巻き込まれる可能性もある。

「分かりました」

わたくしが頷くと、お兄様が微笑み、リーヴァイを見た。

リーヴァイが斜め後ろからわたくしの額にそっと触れる。

ジッと黄金の瞳に見下ろされると少しドキリとする。

「……なるほど、確かに吸血鬼の能力はほぼないな」

その言葉に少しだけがっかりした。

額からリーヴァイの手が離れる。

「ヴィヴィアンにあるのは『魅了』と『威圧』だな」

「他の能力はないのですね？」

「うむ。体は多少丈夫なようだが、その程度だ」

……そういえばわたくし、風邪《かぜ》一つ引いたことがないわ。

その辺りは吸血鬼の血で健康体なのだろうか。

お兄様が吸血鬼について教えてくれた。

吸血鬼は魔族の中でもかなり特殊で、能力が多い種族だ。

まず、体の年齢を自在に変えられ、コウモリやオオカミなどの生き物に擬態《ぎたい》することも出来る。

ちなみにお兄様はこの擬態能力を使い、お母様の体の一部から生み出されたらしい。

次に『魅了』と『威圧』は文字通りである。老若男女《ろうにゃくなんにょ》問わず、能力を使えば人間を魅了で落とし、どんな命令でも言うことを聞かせられるようになる。

威圧は対峙《たいじ》している相手に怯《おび》えや恐怖を感じさせ、場合によっては屈服させることも出来る。

吸血鬼は体が頑丈な上に再生能力も高く、不老長寿だ。

そして名前の通り、他者の血を吸うことで精を得て、その能力や不老長寿さを保っている。

「血を飲まないと、吸血鬼の能力を使えるようになれないと思うけどね」

吸血鬼は血を飲むことで覚醒《かくせい》する。

大抵の吸血鬼は幼いうちから血を飲み、能力に目覚め、扱えるようになっていくのだとか。

お兄様との間に、袖《そで》を捲《まく》ったリーヴァイの腕が出てくる。

褐色《かっしょく》の、よく日焼けしたような肌には黒い紋様がある。

この紋様が聖人に力を封じられている証《あかし》なのだ。

「ヴィヴィアンよ、試しに噛《か》んでみろ」

とリーヴァイに言われて困った。

「噛んだら痛くなくって？」

「痛いのは一瞬らしいよ」

意を決し、かぷ、とリーヴァイの腕に噛みついた。

……全然、血を吸える気がしないのですけれど？

あぐあぐと噛んでいるとリーヴァイが小さく笑った。

「くすぐったい」

とりあえず腕から口を離せば、リーヴァイの手が伸びてきて、わたくしの口を開けさせた。

リーヴァイに口の中を覗《のぞ》き込まれる。

「牙が未発達のようだ」

「……ああ、本当ですね」

お兄様もわたくしの歯を見て、頷く。

手が離れたので口を一度閉じてから訊いた。

「未発達だと血は吸えませんよね？」

「そうだね」

「吸えないなら、与えればいいだけだ」

リーヴァイが片手の爪で、袖を捲った腕を撫でる。

すると、そこに赤い筋が出来て血が滲《にじ》む。

ギョッとしている間に腕が差し出された。

……血を飲むなんて……あら……？

なんだか、リーヴァイの血からとても良い匂《にお》いがする。

その甘い匂いに釣られて傷口に顔を寄せる。

……やっぱり良い匂いがするわ。

果物のような、菓子のような、甘酸《あまず》っぱい匂いはとても美味《おい》しそうで、驚いた。

チラリとリーヴァイを見上げれば頷き返される。

傷が痛くないように、そっと滲んだ血を舐《な》める。

芳醇《ほうじゅん》な果物のジュースのように甘く、香《かぐわ》しく、少し渋さと酸味のある深い味わいは匂いから感じる想像通りの味だった。

リーヴァイが傷口を広げると血が流れてくる。

それをこくりと飲み込めば、熱が喉《のど》を通り過ぎていく。

……もっと飲みたい。もっと味わいたい。

気付けば、リーヴァイの傷口に口付けるように血を啜《すす》っていた。

体が熱くて、血が美味しくて、どこか気分がいい。

「魔王様、それまでです」

お兄様の声がして、リーヴァイが腕を引く。

離れていく腕に思わず「あ……」と未練たらしい声が出てしまった。

ふら、と揺れた体をお兄様に抱き留められる。

「慣れないと血で酩酊《めいてい》してしまうのです」

「休ませればいいのか？」

「はい、血が馴染《なじ》めばすぐに能力を使えるようになります」

ぼんやりしていると、ソファーを回ってきたリーヴァイに抱き上げられる。

そうして、寝室まで運ばれ、ベッドに横たえられた。

「だ、そうだ。少し休め」

＊　＊　＊　＊　＊

眠りに落ちたヴィヴィアンの頬《ほお》を、リーヴァイはそっと撫《な》でた。

よほどぐっすりと眠っているようで起きる気配はない。

不可思議で、愛らしく、哀れな娘である。

記憶を覗いた時に感じたのは愛情だった。

この娘はわがままで、傲慢《ごうまん》なところがあるけれど、本質的には愛情深い。家族、使用人、友人、身内には特に心を傾ける性質があるようだ。

それなのに、娘は『仮初《かりそ》めの家族』だと思っている。母親も兄も魔族で、父親は人族で、魔人の己はどちらからもさほど愛されてはいないのだと、そう考えている。

いつか魔人の自分は捨てられるかもしれないなどとも思っているようだが、それは間違いだ。ルシアンもイザベルも、ヴィヴィアンを愛している様子であったし、恐らく、ここにいられなくなった時は家族全員で魔族領に来るだろう。

それについては妹に関心を向けなかったルシアンが悪いのだが、兄妹の問題に首を突っ込むつもりはない。ヴィヴィアンとルシアンは少しずつ、関係を回復させつつあるようなので、静観するのが良さそうだ。

……そなたは勝手な娘だ。

奴隷《どれい》のリーヴァイを購入し、たった二日ではあったが、ヴィヴィアンはリーヴァイを甘やかし、彼女なりに愛した。まるで真綿に包《くる》まれるような優しく穏やかな時間だった。

人間を憎みながらも、記憶を取り戻す前のリーヴァイはヴィヴィアンの愛情に触れ、心を開いていた。触れる手が、向けられる視線が、かけられる声が、全てが優しく、温かく、リーヴァイを愛していると告げていた。記憶からもリーヴァイを心から愛しているのが分かった。

「それなのに、我を欲しがらぬのか」

ヴィヴィアン・ランドロー。哀れな娘。

愛を与えるばかりで、受け取ることなど考えもしない。

本当は心の奥底で欲しいと思っているくせに、人に与えるばかりで、表立っては欲しがる素振りも見せない。だからこそ、リーヴァイは思う。

……この娘に「あなたの愛が欲しい」と言わせたい。

そこまで考えて、ヴィヴィアンの中で見た記憶を思い出す。

もしリーヴァイがヴィヴィアンに購入されずにいたら、本当にあの通りに聖女に助けられ、心を開き、聖女に想いを寄せていたのだろうか。

もしもやたとえの話など無意味だと理解している。

だが、聖女相手に想いを寄せるなど、もう一度考えてみても、やはりありえない。

むしろ、聖人や聖女という言葉には憎悪すら感じる。

「ん……」

ヴィヴィアンがこちらへ寝返りを打った。

金色の豊かな髪が白いシーツによく映える。

リーヴァイとは真逆の真っ白な肌も美しい。

……そなたのほうがずっと魅力的だな。

ヴィヴィアンの記憶の中の聖女は落ち着いた暗い茶髪に鮮やかな青い瞳をした、いかにも純真《じゅんしん》無垢《むく》そうな娘であったが、リーヴァイは何も感じなかった。

それよりも、わがままで傲慢《ごうまん》で、優しくて甘えたがりで、それなのに本心は決して明かそうとせず、必死で強がっているヴィヴィアンのほうが愛らしくて見ていたくなる。

もう一度ヴィヴィアンの頭を撫でてから、リーヴァイは寝室を出て、隣の部屋へと戻った。

「ルシアンよ」

声をかければ、ヴィヴィアンとそっくりな色彩を持つルシアンが顔を上げた。

その喜色交じりの目も兄妹揃ってよく似ている。

「はい、なんでしょう、魔王様」

「我はヴィヴィアンを娶《めと》ることにした」

「え？」

ルシアンが驚き、そして訊き返してくる。

「ヴィヴィアンを？　妹は了承したのですか？」

「いや、今はまだ何も伝えていない。だが、いずれ落とす」

しばし考えるような表情を見せた後、ルシアンは頷《うなず》いた。

「妹が了承するのであれば、僕が口を出す理由はありません」

ヴィヴィアンの記憶の中にあった少し前のルシアンであれば「お好きにどうぞ」と言っていただろうが、最近はきちんと妹の意思を尊重しているようだ。

「ですが、妹は手強《てごわ》いと思いますよ」

「そのほうが面白いではないか」

それに、ヴィヴィアンはリーヴァイを愛している。

勝率の高い戦いに尻込みする必要はない。

「母にもそう伝えておきましょう。しかし、先日もそうでしたが、王命で王太子と婚約させられる可能性もあります」

「もしどうしても結婚するとなれば、その時は攫《さら》えば良い」

「ふふ、魔王様らしいですね」

懐かしそうに笑うルシアンに、リーヴァイも微笑《ほほえ》んだ。

これほど穏やかな時間を過ごすのは久しぶりだった。

＊　＊　＊　＊　＊

目を覚ますと見慣れた天蓋《てんがい》があった。

……わたくし、どうして……？

と記憶を辿《たど》り、思い出してハッとする。

そう、わたくしはリーヴァイの血を飲んだのだ。

推しの血を飲むなんて一体どんな状況なのだと思いつつ、味覚は吸血鬼寄りだったのだと気付く。

……それにしても本当に美味《おい》しかったわ。

ただ、飲むと気分が高揚《こうよう》して眠くなる。

ベッドから起き上がり、鏡の前で自分で髪に櫛《くし》を通す。

ドレスのしわを伸ばしておかしなところがないか確認してから、隣室へ向かう。

そこにはお兄様とリーヴァイがまだいた。

「ヴィヴィアン、気分はどうだい？」

お兄様の問いに、そういえば体が軽いと思った。

「とても体が軽いですわ」

「血を摂取《せっしゅ》したからだよ。こちらにおいで」

手招きをされて、ソファーに座っているお兄様の隣に腰を下ろす。

お兄様がわたくしの顔を覗《のぞ》き込んできた。

「……うん、能力の気配を感じる」

お兄様の手が自分の目を指差した。

「僕の目を見て」

ジッと見ているとお兄様の紅い目が妖しく煌《きら》めく。

惹《ひ》き込まれそうな感覚があり、ドキドキと胸が高鳴る。

けれどもそれは一瞬で、お兄様が顔を離すと、ドキドキしていた心臓が穏やかに戻っていく。

「どう？　何か感じたかい？」

「お兄様の目が煌めいて、惹き込まれそうでしたわ」

「今、僕は弱く『魅了』を使ったんだよ」

……だから急にドキドキしたのね。

「魅了は魔族にも効きますの？」

「自分より弱い魔族なら効くけれど、ヴィヴィアンの場合は人間くらいしか効かないだろうね。強い魔族は抵抗力も高いから」

なるほど、と頷きながら考える。

……魅了が使えるとか本当に悪役って感じね。

「さあ、試しに僕に魅了を使ってみてごらん。相手としっかり目を合わせて意識を集中したら、心の中で自分に惚《ほ》れるようにと願うんだ」

言われた通り、お兄様の目をジッと見つめ返す。

お兄様に全神経を集中させる。

……わたくしに惚れなさい！

一瞬、目に熱が宿るような感覚がした。

ふっとお兄様が微笑む。

「よく出来たね」

よしよしと頭を撫《な》でられる。成功したらしい。

でもお兄様は強い魔族だから、わたくしの魅了は効かないのだろう。

……全《まった》く効いていないのかしら？

一回ならばともかく、何度も重ねてかけたら、もしかしたら段々と効いてくるのではないか。

もう一度お兄様を見て、魅了をかける。

お兄様がちょっと驚いた後に、おかしそうに小さく笑う。

「そういえば、君は昔からちょっと悪戯《いたずら》っ子なところがあったね」

つん、と鼻先をつつかれて集中が途切れる。

……やっぱりお兄様には効かないらしい。

ソファーの背もたれに前のめりに寄りかかったリーヴァイが、わたくしを覗き込んできた。

「我にもかけてみろ」

「あら、いいの？」

魔王なので効きはしないだろうけれど。

試しにかけてみると、リーヴァイの黄金色の瞳が一瞬、虹色に輝いた。

何故か、わたくしのほうがドキリとしてしまう。

「……もしかして魅了を返したの？」

「そうだ。さすが我が主人《あるじ》、聡いな」

リーヴァイが頷き、わたくしの頬《ほお》に触れる。

優しく、慈《いつく》しむような手つきにまたドキリとする。

視線を外し、別の疑問を言うことで誤魔化《ごまか》した。

「お兄様の魅了はリーヴァイに効くかしら？」

何故かお兄様とリーヴァイが微妙な顔をした。

「効かないと思うけど、やりたくはないかな」

「ルシアンとそのような仲になるつもりはない」

……あら、二人とも嫌そうね。

お兄様にとってリーヴァイは主君だから、そんなことしないだろうし、する気もないのだろう。

さすが魔王様への忠誠心が高いお兄様である。

「そんなことより体に違和感はない？　能力を開花させたばかりの時は感覚を忘れないように何度か訓練したほうがいいんだ。疲れたとか、だるいとか、何かあったら言ってね」

「はい、今のところは大丈夫ですわ」

「じゃあもう一回――……魔王様、ヴィヴィアンの相手をしていただけますでしょうか？」

お兄様の問いにリーヴァイが頷いた。

「うむ、構わん」

「では、ヴィヴィアンの隣に座ってください」

リーヴァイが背もたれから体を起こし、ソファーを回って、横に座る。

……両手に花というやつね。

横にリーヴァイが来ると、先ほどの血の匂《にお》いが少しして、思わず少し生唾《なまつば》を飲み込んでしまった。

推しがかっこよくて美味しいなんて誰得なのか。

そっと両手を伸ばしてリーヴァイの頬に触れる。

嬉しそうにリーヴァイの片手がわたくしの片手に重ねられて、頬擦りされる。

……推しの頬擦り、尊《とうと》いわ……。

魅了をかけるはずが魅了されてしまう。ドキドキと胸が高鳴った。

ずっとこうしていたいけれど、こほん、とお兄様が咳払《せきばら》いをしたことで我に返る。

改めてリーヴァイの目を見つめる。

美しい黄金色の瞳が、瞬きの度《たび》に煌めいた。

リーヴァイに意識を集中させ、心の中で『わたくしに惚れなさい』と強く念じる。

チリリと目に熱が宿るのを感じながら更に思う。

……あなたの心もわたくしのものになりなさい！

一際《ひときわ》パチリと目元で熱が弾けた。

驚いて目を閉じるとすぐに熱は引いていく。

見れば、リーヴァイが愉快そうに口角を引き上げていた。

「今のはなかなか良かったぞ」

「でもあなたには効かないでしょう？」

「そうでもない。魅了の能力を使わなくとも、相手の心を射止める方法はある。お前の紅い瞳は魅惑的だ。それで見つめられるだけで落ちる男もいるだろう」

……だけど、やっぱりあなたは落ちないわね。

溜め息を吐き、リーヴァイの頬から両手を離す。

「お兄様、もう一つの『威圧』のほうはどうすれば使えますの？」

見守っていたお兄様が苦笑する。

「威圧も基本的には同じだよ。相手と目を合わせ、集中する。違うことと言えば、相手に敵意を持つことかな」

「敵意？」

「人に睨《にら》まれたり視線が多かったりすると恐怖を感じることがあるだろう？　あんな感じだね」

魅了は自分に好意を抱かせるもので、威圧は自分に恐怖を抱かせるもの。正反対らしい。

だが、今回はお兄様はやってみせてはくれなかった。

理由を訊いてみると「妹を怖がらせたくない」のだとか。

「威圧を一度でも使ってしまうと、その相手は少なからず恐怖を感じる。苦手意識を持たれてしまうかもしれないし、逆に尊敬されることもあるけれど、大体は怖がられるから」

お兄様はわたくしに『威圧』は使いたくないそうだ。リーヴァイも『威圧』は使えるようだが、内容を訊いてみると『威圧』というより『畏怖《いふ》』に近かった。

「我の威圧はヴィヴィアンには強すぎる。あまり強い威圧をかけると、錯乱《さくらん》したり、精神を壊したりする」

だからリーヴァイの『威圧』も見せてはもらえない。

……自分でやるしかないってことね。

もう一度、リーヴァイを見る。

……意識を集中させて、相手を怖がらせる……。

ジッと睨んでもリーヴァイは特に反応しないし、わたくしの目も魅了の時のような変化は起きない。しばらく粘ってみたけれどダメだった。

「何も起きませんわね……」

はあ、とまた溜め息が漏《も》れる。

わたくしの頭をお兄様が撫でた。

「嫌いな人間を殺してやる、くらいの敵意があると威圧を使いやすくなるんだけど、ヴィヴィアンにはそういう人はいないかな？」

「そもそも嫌いな人がいませんわ」

「それはそれで良いことだよ」

先日、ようやく貴族の夫人のお茶会に初めて参加したので、わたくしの交友関係はまだ狭い。

これから広がっていく中で、好きな人も嫌いな人も出てくるだろうが、殺したいほど憎むような相手はそう簡単には出来ないと思う。

……ああ、だからなのね。

それまでヴィヴィアンは好きな人や自分に従う人に囲まれて生きてきたのに、突然現れた聖女に婚約者や兄を奪われ、初めて殺したいほど憎しみを覚えるのだ。

だからクローデットを殺そうとする。

結局、それは失敗して、聖女暗殺を企《くわだ》てた罪で罰を受けて、あっさり退場してしまうのだが。

「とりあえず、威圧も魅了も練習してみますわ」

何も能力がないよりかは、少しでも使えたほうがいい。

＊　＊　＊　＊　＊

能力の練習を始めてから一週間。

いまだに威圧は使えないものの、魅了は自由自在に使えるようになった。

試しに弱めに侍女《じじょ》やメイドなどの使用人達に試してみると、僅《わず》かに効く者と効かない者がいることが判明した。

……もしかして我が家の使用人って魔族もいる？

わたくしが魅了をかけても人間の使用人は多分気付いていないのだが、魔族だろう使用人はわたくしが魅了をかけると困ったように微笑《ほほえ》んでいた。

結構な数の使用人がそうだったので、ランドロー公爵家はかなり魔族に侵食されていたらしい。

それから、お母様に教えてもらったが、既に他の魔族が魅了で囲い込んでいる相手はわたくしの魅了がほとんど効かないそうだ。

要は『かけた者より能力が強くなければ上書き出来ない』のだろう。

お母様の魅了がかかっているだろうお父様に、わたくしも魅了をかけてみたけれど、何も気付いていない様子だった。

お母様とお兄様は、どうやら公爵家の使用人達に魅了をかけて裏切らないように掌握《しょうあく》しているみたいだ。

……それが一番確実で安心なのは分かるわ。

「ヴィヴィアン、あなたの侍女の魅了は解いてあげるから、あなたが今度は魅了をかけてみなさい」

というわけで、今現在、わたくしの身の回りのことをする侍女やメイド達はわたくしの魅了をかけている。お母様のように強い魅了はかけられないので、毎日、目が合う度に意識して使用するといった感じだ。

「私、どこまでもお嬢様についていきます……！」

……ちょっとかけすぎたかしら？

侍女もメイドもわたくしにいっそう甘くなった気がする。

おかげで魅了については色々と分かった。

わたくしの場合は一度で完全に相手の心を摑《つか》むのは難しく、何度も重ねてかけることで、より強固な魅了をかけられる。

ただ、解くことが上手《うま》く出来ないので、ほどほどにしないと大変なことになりそうだ。

「我にはもうかけてはくれないのか？」

そして、何故かリーヴァイがちょっと不機嫌である。

「だって効かないでしょう？」

リーヴァイは何も言わなかったけれど、わたくしの足元に座り、膝に寄りかかって不満そうな顔をしている。

わたくしがソファーに座るとこうして足元に座るので、足元に絨毯《じゅうたん》を敷いたりクッションを置くようになったりして、そこがリーヴァイの定位置になった。

……まあ、頭が撫《な》でやすくていいのだけれど。

よしよしと頭を撫でればリーヴァイが気持ち良さそうに目を細める。

「我が欲しくないのか？」

「あなたはもうわたくしのものですわ」

「では、我の心は？」

リーヴァイが珍しく真面目《まじめ》な顔で訊いてくる。

そっと引き寄せ、リーヴァイの頭頂部に口付けた。

「わたくしはあなたが幸せなら、それでいいの」

こうして推しと話して、触れ合えて、一緒に過ごせる。

そんな奇跡のような毎日を送れるだけでも十分。

……それ以上を求めるなんてわがままだわ。

「それにわたくし、追うより追われるほうが好きよ」

追いかけて、追いかけて、婚約者のエドワードに振り向いてもらえなかった結果、原作のヴィヴィアンはクローデットを憎んだ。

それなら、わたくしは追われるほうがいい。

振り向くかどうかはわたくし次第だから。

「なるほど、我は追いかけるべきなのか」

「ふふ、追いかけてくれるの？」

ふっとリーヴァイが微笑む。

「そなたが望むなら」

そんな訊き方はずるいだろう。

……追いかけてほしいなんて。

わたくしは出来る限りの笑みを浮かべた。

「あなたはわたくしの奴隷《どれい》だもの。追いかけるのではなく、いつもそばにいるでしょう？」

リーヴァイが少し目を丸くし、そして笑った。

「確かにそうだな」

「それに、あなたに追いかけられたら一瞬で捕まってしまうわ。そんなの面白くないもの。追いかけられて、逃げるのが楽しいのよ」

「違いない」

そっとリーヴァイの頬《ほお》に触れて、目を合わせる。

魅了をかけてみたが、やっぱり効かなかった。

ただ、リーヴァイは嬉しそうにしていた。

「ヴィヴィアンの瞳は、やはり美しい」

魔族には効かないけれど、普通の人間には魅了の力は効きそうなので、何かしらの使い道はありそうだ。

＊　＊　＊　＊　＊

お茶会から二週間後。わたくしは今、ガネル公爵家に遊びに来ていた。

「ヴィヴィアン、今日は来てくれてありがとう……！」

案内された応接室で、ジュリアナ様とアンジュに出迎えられた。

赤い髪に鮮やかな紫の瞳、外見は母親のジュリアナ様そっくりなのだけれど、気が弱い。

それがガネル公爵家の一人娘、アンジュ・ガネルだった。

アンジュにギュッと手を握られる。

その手をわたくしも握り返した。

「こちらこそ招いてくれてありがとう。ジュリアナ様もアンジュも元気そうで良かったですわ」

「お母様とはこの間会ったでしょ？」

ちょっと不満そうにアンジュが唇を尖らせる。

それにジュリアナ様が微笑んだ。

「この子ったら、私がヴィヴィアン様にお会いしたのが羨《うらや》ましかったようで、今日までずっと『お母様ばかりずるい』と言われて困っておりましたの」

「お、お母様……!!」

「アンジュ、今日はヴィヴィアン様と楽しい時間を過ごしなさい」

慌てているアンジュの頭を撫でて「それでは、お友達同士ごゆっくり」とジュリアナ様が応接室を出ていく。

アンジュに勧められてソファーに腰掛けた。

「もう、お母様ったら……」

ガネル公爵家の使用人が紅茶を用意してくれる。

それを一口飲む。相変わらず良い茶葉だ。

「あなたのことが可愛《かわい》くて仕方がないのよ。いいじゃない。愛されている証《あかし》だわ」

「それはそうだけど……」

と、そこでようやくアンジュがわたくしの斜め後ろに視線を向ける。

チラチラと何度か視線が行き来した後に訊いてきた。

「ところで、その後ろの侍従《じじゅう》さんが、お母様の言っていたヴィヴィアンのお気に入り……?」

ジュリアナ様から既にお茶会での話は聞いているらしい。

「ええ、そうよ。リーヴァイというの。他の方々にはこの子の名前は教えないけれど、アンジュはわたくしの親友だから特別よ」

リーヴァイが丁寧《ていねい》に礼を執《と》る。

『親友』『特別』という言葉にアンジュが嬉しそうな顔をする。

「は、初めまして、アンジュ・ガネルと申します……！」

リーヴァイはそれに静かに頷《うなず》き、胸に手を当てる。

「ごめんなさいね。まだ侍従になったばかりで粗相《そそう》をするといけないから、人とは話さないように命令してあるの」

「ヴィヴィアンの侍従に酷《ひど》いことはしないよ？」

「アンジュはそうだけれど、他の方々に何か失礼をしてしまって、この子が傷付くのは嫌なのよ」

「お気に入りなんだね」

アンジュがわたくしとリーヴァイを交互に見る。

「……うん、並ぶと二人とも凄《すご》く綺麗《きれい》……」

アンジュは芸術品などの美しいものが好きなので、リーヴァイの整った容姿は彼女にとっては目の保養なのだろう。

……わたくしもそうだものね。

でも、アンジュは恋愛方面にはとても疎《うと》い。

わたくしより一歳下の十四歳だが、そろそろ婚約者が出来てもおかしくはない年齢である。

「ありがとう。リーヴァイをアンジュに紹介出来て嬉しいわ。お茶会には連れていったけれど、紹介はしていないから、あなたが初めてね」

「本当？　ヴィヴィアンの大切な子を紹介してくれて嬉しい……！」

「だって親友ですもの」

アンジュと二人で微笑《ほほえ》み合っていると、アンジュが「あ」と声を漏《も》らした。

「あのね、私もそのうち、ヴィヴィアンに紹介したい人がいるの。その、お父様が決めた相手で、私の十四歳の誕生日に婚約することが決まったんだけど……」

「まあ、どの家の方？」

「マクスウェル侯爵家の次男の、ギルバート様なの……」

……なんですって？

思わず硬直しかけた表情をなんとか笑みに変える。

ギルバート・マクスウェル侯爵令息は攻略対象の一人だ。金髪にオレンジの瞳、整った甘い顔立ちをした王太子の近衛《このえ》騎士。通常攻略対象の中では一番歳上《としうえ》だ。

アンジュとクローデットが同じ歳で、クローデットとギルバートは原作で丁度《ちょうど》十歳差だったので、アンジュとも同じだけ離れている。

十四歳と二十四歳。貴族では珍しくもない歳の差である。

政略結婚なら、このようなものなのだろうけれど、それ以上にアンジュがギルバートの婚約者という点に驚いた。

……ギルバートに婚約者はいなかったはず……。

どうして、と思い返してハッと息を呑《の》む。

ギルバートは原作が始まる前に婚約者を馬車の事故で亡くしている。確か、整備不良で車輪が外れたのが原因だったはずだ。そして、荒れていた時にクローデットと出会う。

……待って、アンジュが事故で死ぬってことっ？

ギルバートは婚約者を失ったことで自暴自棄《じぼうじき》になり、女性関係が派手になってしまうのだ。

「……そう、マクスウェル侯爵家の方々も見目が良いから、きっと令息とアンジュが並んだら素敵ね」

「まだ一度しかお会いしていないけど、優しくて紳士的だったの……それに、お顔も声も美しくて……！　しかも王太子殿下の近衛騎士だって……凄い方だよね……！」

アンジュは一目でギルバートを気に入ったのだろう。

その表情は恋をしているというより、大好きな美術品について語っている時のものであったが、何度も会っていくうちに心が通じ合っていくのかもしれない。

……でも、その前に言わなくてはいけないことがあるわ。

「ねえ、アンジュ、これはわたくしの勝手な心配なのだけれど、もしどこかに出かける際には必ず、絶対に、馬車の点検をしてもらってから乗ってほしいの」

わたくしの突然の言葉にアンジュが目を瞬かせた。

「え？　馬車の点検……？」

「そうよ。この間、馬車の点検が不十分で走っている最中に事故が起きて人が亡くなった、という話が領地であったの。これからアンジュは婚約者と会うために出かけることも増えるでしょう？　わたくし、心配で……」

少々言い訳がましくなってしまったが、アンジュの身を心配しているのは本当だ。

わたくしも親友を失いたくないし、婚約者が死ななければギルバートもクローデットに惹《ひ》かれず、もし魔族との戦いが起きてもクローデットのために参加はしないだろう。

ギルバートは原作では女性関係が派手な女たらしだが、剣術においては国随一《ずいいち》と言われていた。

事実、魔族との戦いでは先陣を切って戦い、多くの武勲《ぶくん》を立てることとなる。

アンジュとギルバートの仲が深まれば、きっと……。

そして、未来でもわたくしはアンジュと笑い合いたい。

「うん、分かった。ヴィヴィアンが心配なら、そうするね。乗る度《たび》に点検するようお願いしてみる」

素直なアンジュはそう言って頷いてくれた。

真面目《まじめ》で頭の良い子だから、わたくしの言った通りにしてくれるだろう。

わたくしに出来ることはこのくらいしかないが、せめて、少しでも馬車について気にかけてくれたら最悪の事態は防げるかもしれない。

「そうしてちょうだい。点検は必ず、御者一人ではなく、執事かあなたの侍女《じじょ》に立ち会うようにしてもらって、記録も残すようにしたほうがいいわ。ジュリアナ様やガネル公爵様が乗る馬車も点検するべきよ」

「うん、お父様とお母様にも伝えておくね」

わたくしが心配しているのに、アンジュはニコニコ顔だ。

「ヴィヴィアンが心配してくれて嬉しい……！」

冗談を言っているわけではないのだが、アンジュはわたくしが心配しすぎていると思っているようだ。

……それでも親友を失うより、ずっといいわ。

「それと、もし良ければバスチエ伯爵家のご令嬢について噂《うわさ》でいいから、話を聞き集めてほしいの」

「バスチエ伯爵家って言えば、私と同じ歳のご令嬢がいるよね……？」

「ええ、そうよ。ちょっと知りたいことがあって……」

「いいよ、調べておくね……！」

アンジュは派手な外見だが性格が穏やかなので、同年代のご令嬢達との仲が実はとても良い。

基本的に口が堅いし、爵位が公爵家なので繋《つな》がりを欲しがる家も多く、話をよく聞いてくれる子なので皆があれこれと話したがる。

おかげでアンジュを通じてわたくしも情報を得ている。

早めにクローデットの情報は知っておきたい。

十六歳の誕生日に彼女は聖印が現れ、聖女となるはずだが、この世界は原作のゲーム通りになるわけではない。

原作では妹に無関心だったお兄様がわたくしに関心を持ち、バーンズ伯爵夫人が所有しているはずだったリーヴァイをわたくしが購入することも出来た。

……ゲームに限りなく近いけれど、現実の世界なのよ。

クローデットが魔王《リーヴァイ》を殺す未来もきっと変えられる……いや、わたくしが変えてみせる。

そのためにリーヴァイを購入したのだから。

「ねえ、ヴィヴィアンはどうしてその子を買ったの?」

わたくしの斜め後ろに視線を向けつつ訊いてくるアンジュに、わたくしは微笑みを浮かべた。

＊　＊　＊　＊　＊

私の疑問にヴィヴィアンが美しく微笑む。

自信に満ちた、気品のある、上に立つ者の笑みだ。

「わたくしのものにしたかったからよ」

ランドロー公爵家とガネル公爵家は昔から仲が良く、私とヴィヴィアンも幼馴染《おさななじみ》であり、そして親友でもある。お友達は沢山《たくさん》いるけれど、私の親友はヴィヴィアンだけ。

周りはヴィヴィアンを傲慢《ごうまん》だとか、わがままだとか言うけれど、ヴィヴィアンは正直な人だから誤解されているのだと思う。同じ公爵令嬢でも、私はヴィヴィアンのようには振る舞えないが、それを羨んだり妬《ねた》んだりしたことはない。

むしろ、そんな自由なヴィヴィアンが大好きだ。

明るくて、自分にも他人にも正直で、いつも前を向いていて、自信に満ちあふれた美しい人。

昔からヴィヴィアンは私の手を引いてくれる。

一度だって突き放されたり、面倒くさがられたりしたことはなくて、ヴィヴィアンは身内にはとても優しくて甘い。そしてヴィヴィアンも私だけを親友と呼んでくれる。

泣き虫で、気が小さくて、表情も暗かった昔の私にヴィヴィアンは嫌な顔一つせずに一緒に遊んでくれたし、私が自信を持てるように色々と頑張ってくれた。

ヴィヴィアンのおかげで私は人と話せるようになった。

だから、私はヴィヴィアンのためならなんでもする。

「それに、見てごらんなさい。まるで名匠《めいしょう》が作った剣の刃のように美しい白銀の髪、黄金を溶かしたような瞳、美術品のように整った顔、異国情緒《じょうちょ》のある褐色《かっしょく》の肌。どれを取っても美しいの」

ヴィヴィアンがカップとソーサーをテーブルに置き、右手を軽く上げれば、甘えるように白銀の髪の侍従《じじゅう》がそこに頬《ほお》ずりをする。

よしよしと撫《な》でられる様子が少し羨ましい。

……ヴィヴィアンのよしよしは凄《すご》く気持ちいいから。

昔、よく泣いていた頃にヴィヴィアンが頭を撫でてくれたが、あの白くて細い、たおやかな手に優しく撫でられるとうっとりしてしまう。

侍従もそうらしく、気持ち良さそうに目を細めていた。

「それに仕事も出来るし、こう見えて強いから、護衛の代わりでもあるのよ」

「そうなんだ、凄い子だね」

「ええ、金貨百五十枚の価値はありますわ」

それには少し驚いたけれど、美術品なども高価なものはそれくらいすることもあるので納得する。

自分のお気に入りの侍従がどれほど素晴らしいのか語るヴィヴィアンは、いつもより少し幼くて可愛《かわい》い。家族や友人、身内のことを話す時の顔だった。

……そっか、この子はもうヴィヴィアンの身内なんだ。

そう思うと侍従に感じていた嫉妬心《しっとしん》が和《やわ》らいだ。

私はヴィヴィアンの周りの人達にいつも嫉妬してしまう。

大好きな親友とずっと一緒にいられるなんて羨ましい。

だけど、同時に大好きなヴィヴィアンを同じく大事に思ってくれる人がいることが嬉しくもある。

目の前の侍従は愛《いと》しそうにヴィヴィアンを見つめている。

でも、ヴィヴィアンはちっとも気付いていないようで、侍従と言いつつもペットのように撫でて可愛がっていた。

侍従のほうもそれを受け入れているみたいだけど。

……ねえ、ヴィヴィアン、気付いてる？

「わたくし、この子は絶対に手放しませんわ」

そう言いながら侍従を見つめるあなたの視線が、愛しくて仕方がないって告げていることを。

そして、侍従も同様に返していることを。

「ヴィヴィアン」

名前を呼ぶと親友が「あら、なぁに？」と小首を傾《かし》げる。

「ずっと一緒にいられるといいね」

私の言葉にヴィヴィアンが不思議そうな顔をする。

「わたくしとアンジュは親友ですもの。結婚しても、何があっても、ずっと一緒の仲良しですわ」

ヴィヴィアンは私の言葉を違う意味で捉えた。

そういう意味ではなかったけれど、ヴィヴィアンの返事は私にとって、とても嬉しいものだった。

「うん、ずっと仲良くしてね……！」

私の大事な、大好きな親友。

いつまでもあなたには笑顔でいてほしい。

＊　＊　＊　＊　＊

最近はお母様の社交についていく機会が増えた。

どこのお茶会へ行くにもリーヴァイを連れて歩いたので、わたくしは陰で『奴隷《どれい》狂い』と言われているらしい。

まだ成人前なのに年頃の男奴隷を購入し、毎晩、奉仕させているのではと思われているようだ。

アンジュは怒っていたが、彼女が下手《へた》に反論して彼女自身の交友関係にヒビが入るのはまずいからと止めた。

中にはわたくしを笑い者にしようとする猛者《もさ》もいた。

「公爵令嬢ともあろう方が、奴隷に本気になるなんてありえませんわよね」

それにわたくしが微笑《ほほえ》んだ。

「そうかしら？　王太子殿下とあなたが恋に落ちるかもしれないくらいの可能性はあるのではなくって？　まあ、わたくしは人の恋路を邪魔するほど無粋《ぶすい》ではございませんので、ご心配なく」

その令嬢は顔を真っ赤にさせて怒っていた。

わたくしは推しを死なせないために奴隷のままでいさせているだけで、解放すれば、恐らく今よりずっと高い地位に就《つ》くだろう。

お母様とお兄様がリーヴァイを使用人でいさせるはずがない。

ランドロー公爵家の遠縁の地方貴族の養子か、もしかしたら慈善《じぜん》活動の一環のふりをして我が家の養子にする可能性もあった。

それらの可能性をわたくしが潰したのだ。

……恨まれることはあっても感謝はされないでしょうね。

馬車に揺られ、車窓《しやそう》から外を眺めながらそんなことを考える。

「ヴィヴィアン、もうすぐ着くわよ」

「はい、お母様」

わたくしは今日から、お母様が慈善活動として世話をしている教会付きの孤児院の一つを任されることになった。別に運営をどうこうしろというのではなく、孤児達の様子を見て寄付を含む必要な支援を行い、手助けをする。

これは貴族の義務であると同時に、慈善活動で育てた子供達が将来功績を挙げれば、支援したランドロー公爵家の名誉にもなる。

家によっては必要最低限の寄付だけだったり、我が家のように慈善活動に熱心だったり、様々だけれど、侯爵位以上の家は大体、孤児院を割り振られている。

伯爵位以下の家は地方に住んでいることもあり、王都の孤児院での慈善活動をすることはあまりない。あっても、同じ派閥《はばつ》の公爵家か侯爵家に属する孤児院などに寄付をする程度だ。

……だからこそ、クローデットは有名になったのね。

義務のない伯爵家の令嬢が熱心に慈善活動を行う。

それは貴族の目にも、平民の目にも、美しい献身の精神に映るだろう。

馬車の揺れがゆっくりと収まっていき、そして停車する。

まず、リーヴァイが降りて、わたくし、お母様が降りる。

到着した孤児院は想像していたよりもずっと小綺麗《こぎれい》だった。

馬車から降りると孤児院で子供達を世話している女性が出迎え、孤児院の中へ案内してくれた。

お母様に最近の子供達のことを話す様子からして、子供が本当に好きなのだろう。

通されたのは小さな応接室だった。

そこには少し痩《や》せた初老の男性がいた。

優しそうな雰囲気《ふんいき》の男性はすぐに立ち上がる。

「イザベル様、ようこそお越しくださいました」

どうぞ、と促されてお母様と共にソファーに腰掛ける。

男性も座り、お母様が声をかける。

「ご機嫌よう、院長様。子供達は元気のようね」

「ええ、とても。もしかしてアーラがお話を？」

「彼女はいつも子供達の話をしてくれるので。楽しそうな様子を聞くことが出来て、私も嬉しいですわ」

男性はこの孤児院の院長らしいが、服装からして教会の司祭様でもあるようだ。

お母様と院長がしばし談笑する。

……お母様は惜しみなく援助していたようね。

院長の様子からも、お母様への深い感謝が感じられる。

話が落ち着くとお母様がわたくしを見て、院長へ視線を戻す。

「手紙に書かせていただいた通り、娘が準成人を迎えましたので是非《ぜひ》、慈善活動をさせたいと考えておりますの。よろしければ、こちらの孤児院を娘に任せてもよろしいかしら？　もちろん、私も見ております」

院長がわたくしをジッと見つめる。

「娘が不安でしたら、お断りしていただいても構いません。それによってこちらの孤児院への寄付金や物資を減らすといったこともしないと誓いましょう」

お母様の言葉に院長は静かに一つ、頷《うなず》いた。

そうして、わたくしへ問いかけてきた。

「子供達に必要なものとは、なんだと思いますか？」

まるで謎かけのような言葉だった。

単純な話であれば、お金や物資だろう。

毎日食事が出来て、衣類や毛布、薪《まき》などに困ることのない生活。

しかし、それで本当に子供達のためになるのだろうか。

十五歳か十六歳になったら子供達は孤児院を出なければいけないのだから、もっと、その時のための準備をさせるべきではないか。

今生きていくために必要なものだけあっても意味がない。

その後も生きていけるだけの力が必要だ。

「未来への準備ですわ。孤児院で過ごす期間だけではなく、巣立った後も見据えて、子供達が色々なことを学べるようにわたくしはしたいと思っております」

「と、言いますと？」

「こちらの孤児院では簡単な読み書きと計算を子供達に教えていらっしゃるそうですね。たとえば女の子には刺繍《ししゅう》やお茶の淹《い》れ方などを、男の子には剣術などを、それと共に立ち居振る舞いも教えたいわ。そうすれば貴族の家のメイドや護衛騎士になれる可能性が高まります」

習熟度が高く、本人の希望があれば、我が家で雇うことも紹介することも出来る。

平民の子供が貴族の家で雇われれば、少なくとも、働いている間は安泰である。

しかもランドロー公爵家が紹介した使用人ともなれば、手荒に扱うことはしないだろう。

「他の道を選ぶ子もいるでしょう」

「ええ、それならそれで構いませんわ。男の子でも刺繍を覚えても良いですし、女の子でも剣術を習っても良いのです。大切なことは『技術を身につけること』ですわ」

その辺りは子供達に選ばせるつもりだ。

本人にやる気がないと教えても覚えられないし、長続きもしないいし、なんなら最初は全員に同じことを教えて、その様子次第で変えてもいい。

「わたくしは子供達の選べる道を増やしてあげたいのですわ」

院長はしばし黙っていたけれど、静かに頷いた。

「分かりました。このお話、お受けいたします」

ただ、しばらくはお母様がわたくしと孤児院の様子を見て、問題がなければわたくしが受け持ち、何か問題が生じるようであればお母様の手元に戻すということとなった。

お母様と院長はまだ話があるそうで、その間、わたくしは孤児院の中を見させてもらう。

先ほど応接室まで案内してくれた女性が先導してくれる。

「この孤児院には現在、三十人ほどの子供達がおります。一番歳上《としうえ》の子が十四歳、一番下の子は一歳になったばかりです」

「まあ、そんな小さな子もいるのね」

「子供を産んだものの、育てられないということもありますので……」

女性が寂しそうな表情をする。

しかし、すぐに微笑むと孤児院内を丁寧《ていねい》に案内してくれた。

食堂、居間、子供達の部屋、赤ん坊の部屋。

小さな孤児院には必要最低限しか部屋がない。

ここに子供が三十人となると少し窮屈《きゅうくつ》だろう。

ただ、お母様の寄付のおかげかベッドも暖かそうな毛布があり、荒れた雰囲気はなく、全体的に穏やかな空気が漂っている。

最後に中庭に行くと、大勢の子供がいた。

「先生！」

「先生もあそぼう！」

子供達がわらわらと駆け寄ってきたものの、わたくしを見て、不思議そうな顔をする。

「みんな、こちらはランドロー公爵家の方よ。奥様のお嬢様なの。今日から、お嬢様が私達を支援してくださるのよ」

女性の言葉に子供達はよく分かっていなさそうな顔で見上げてくる。

純粋な子供達の視線につい、笑みが浮かぶ。

「初めまして、わたくしはヴィヴィアンよ」

「ゔぃゔぃあん～？」

「おねえちゃん、おくさまにそっくり！」

小さな子達がわたくしのドレスの裾《すそ》を握る。

女性が慌てて止めようとしたので手で制した。

「そうよ、いつも来ている奥様はわたくしのお母様なの」

「おくさま、やさしいよ！」

「ええ、お母様は優しいわね」

そして、そっと子供の手にわたくしは手を重ねた。

「でもね、これはダメよ。ドレスでなくても、いきなり人の服を摑《つか》んだら怒られてしまうわ」

「なんで？」

「服はね、色々な人が手伝って出来ているの。糸を作る虫を育てる人、糸を作る人、糸から布を作る人、布から服を作る人、買った人、服の手入れをする人……沢山《たくさん》の人が頑張って作ったものだから、勝手に触って、もし汚れたり破けたりしたら、みんな悲しいわ」

そう伝えれば、子供はそうっとドレスから手を離した。

でも、そこにはシワが出来てしまっていて、子供の表情が『しまった』というものへと変わる。

小さくても善悪の判断はきちんと出来ているのだ。

「……ごめんなさい」

呟《つぶや》くような謝罪にわたくしは子供の頭を撫《な》でる。

「謝ることが出来て偉いわね。もし触りたい時は、触ってもいいか訊くのよ。ダメと言われたら触ってはダメ。服もお金がかかるから、汚れると大変なの。分かるかしら？」

「……うん、ぼくもどろだらけになるとアーラ先生におこられる」

「洗うのはとても大変だものね」

子供達は孤児院という集団で生活しているからか、意外にも聞き分けがいいようだ。

年長の子供三人がジッと遠巻きに見つめてくる。

お母様の娘でも警戒しているらしい。

……警戒心が強いのはいいことだわ。

多少は疑り深いほうが物事をよく考えるから。

「これからはよく来るから、よろしくね」

＊　＊　＊　＊　＊

お母様から孤児院の担当を譲《ゆず》ってもらってから、わたくしはまず、毎日のように孤児院を訪れた。

数日様子を見て、必要なものを確認し、用意した。

それから、寄付金は毎月決まった額を渡すことにした。

これまでは一年分の予算を一気に渡していたけれど、ここ数年、孤児院が強盗団に襲われて金を奪われる事件が頻繁《ひんぱん》に起こっている。多額の金があると思わせるのは危険だ。

強盗対策のために公爵家で警備員も雇った。この警備員は子供達や孤児院で働く人々の安全を守るためでもあり、同時に、子供達へ剣術などを教える教師でもあった。

そして二日か三日に一度、我が家から優秀なメイド数名を派遣し、使用人の仕事について教える。

内容は繕《つくろ》い物やお茶の淹《い》れ方、服の着替えの手伝い、掃除《そうじ》の仕方などメイドの仕事全般だ。

あと、大きな買い物の際は公爵家の使用人がつくことにした。

孤児院で働く女性達に訊いたところ、大きな買い物をする時に何度か金額を「間違えられそうになった」ことがあるそうで、場合によっては高い額で無理やり買わされそうになったこともあったらしい。

公爵家の使用人がいれば、少なくとも足元を見られることはないだろう。

子供達も最初は学ぶことに消極的だった。

今までやらなくても良かったことをやるというのは不満も出るだろう。

しかし、他の子供達が出来ることが一つ二つと増えてくると、不満を持っていた子供達も慌てて真面目《まじめ》にやり始めた。競争心というよりかは、他の子は出来るのに自分は出来ない、というのが不安になるようだ。

年長の子供達は相変わらずわたくしを警戒しているけれど、学ぶことの重要さには気付いているようで、メイド達の授業も剣術もしっかり受けている。

小さな子達はむしろ、常に新しいことを覚える経験が楽しいらしく、メイド達が来るのを楽しみにしているとのことだった。

わたくしが行くと毎回『自分はどれだけ出来たか自慢』を小さい子達はするので、わたくしにとってもそれが楽しみだった。

「毎日、忙しいのに楽しげだな」

リーヴァイに言われて微笑《ほほえ》んだ。

「ええ、子供達の成長は見ていて楽しいですもの」

「その代わり、ルシアンはつまらなさそうにしていたが」

わたくしが孤児院の件で忙しくなり、お兄様と過ごす時間が減ったせいか、少し寂しそうだった。

忙しいのは様子を見ている今だけなので、もうしばらくは待っていてもらうことになるが。

「埋め合わせはするつもりですわ」

でも、その前にお父様に進言しなければいけないことがある。

孤児院を襲う強盗団についてだ。

このまま、強盗団に好き勝手にさせるわけにはいかない。

しかし、町の警備を強化してもらうにしても、公爵家の一存でどうにか出来る問題ではない。

こういう時こそ、政《まつりごと》に参加しているお父様にお願いするべきだ。

「ということで、お父様、強盗団を一掃《いっそう》なさってください」

わたくしの言葉にお父様が苦笑する。

「そうだな、王都内の治安問題は気になっていた」

そして、お父様は王都の治安問題を奏上し、国王も治安悪化を重く見て、治安維持部隊による見回りが強化された。

その結果、強盗団が捕まって王都の治安は良くなった。

＊　＊　＊　＊　＊

十六歳の誕生日まであと三ヶ月。

今日はアンジュを我が家に招いて、一緒にお茶をすることになっている。

定期的にアンジュとは会ったり手紙をやり取りしたりしていたが、バスチエ伯爵家の情報が纏《まと》まって得られたそうで、その話をするためでもあった。

さすがに公爵家の者を使うと伯爵家に勘付かれてしまうかもしれないが、同じ年頃の令嬢同士の話題程度ならば問題はないだろう。

アンジュを出迎えると嬉しそうに抱き着かれた。

「出迎えてくれてありがとう、ヴィヴィアン……！」

「あら、感謝なんてしなくていいのよ。親友なんだから」

アンジュはいつもこうして喜んでくれるから、わたくしも色々と親友のためにしてあげたくなる。

屋敷の中へ招き入れ、自室まで案内する。

リーヴァイがいても何も言わないところがアンジュの良いところだ。

どこのお茶会に行ってもリーヴァイは目立つが、何度連れていっても向けられる視線が少し面白くない。興味、好奇心、嘲笑《ちようしよう》、そして侮蔑《ぶべつ》。どれほど美しくても所詮《しよせん》は奴隷《どれい》だという視線ばかりだ。

しかし、アンジュはリーヴァイにそのような視線を向けず、わたくしの侍従《じじゆう》として接してくれる。

部屋に到着すると既にお茶の準備は整っており、あとは紅茶を淹れるだけといった状態だった。

「さあ、座ってアンジュ」

アンジュがそうしたがるので、わたくし達の席はあえて並べてある。丸テーブルの半分を二人で使うという、ちょっと狭いけれど、普段と違うことが楽しくもあった。

侍女《じじょ》が紅茶を用意する。

「あの、さっそくだけど、バスチエ伯爵家について聞いたことを話してもいい……？」

「ええ、もちろんよ」

それから、アンジュはバスチエ伯爵家の噂《うわさ》について教えてくれた。

バスチエ伯爵家は今、家内がかなり険悪な雰囲気《ふんいき》らしい。

なんでも伯爵夫人が半年ほど前に亡くなり、それから一月《ひとつき》もしないうちに愛人だった男爵令嬢と再婚したという。

しかも前伯爵夫人との間に生まれた娘と一歳しか違わない、伯爵と男爵令嬢の子供がいて、その娘も共に屋敷に招き入れたらしい。

つまり、現在伯爵家には前妻の子と後妻、一歳違いの後妻との子が共に暮らしている。

「噂だと、伯爵も現伯爵夫人も、前妻との間の子であるクローデット様を虐《しいた》げはしていないけれど、やっぱりもう一人の娘のほうを可愛《かわい》がっているみたい」

前妻とは政略結婚だった分、余計に現伯爵夫人との間の子が可愛く感じるのだろう。

貴族が夫や妻を亡くした後に再婚するのは珍しくはないが、せめて、最低でも一年ほどは喪《も》に服すべきである。

その常識を無視するほど愛していたと言えば聞こえはいいかもしれないが、前妻と娘クローデットへの配慮《はいりょ》は欠片《かけら》も感じられない。

……全《まった》くもって最低の父親ね。

「クローデット様はどんな方なの？　大丈夫かしら？」

「二、三回話したことはあるけど、優しい方だったよ。でも、伯爵が再婚してからは少し元気がない様子で、噂によるとクローデット様がどこに行くにも義妹がついてくるんだって。そのせいでクローデット様は疲れてしまっているみたい……」

「まあ、そうなのね……」

……それにしてもおかしいわね。

原作ではクローデットは一人娘のはずだった。

伯爵夫人が亡くなり、それでも父親に愛されながら、教会に通って母親が天国で心穏やかに過ごせるように、妻を失った父親の心が癒《い》やされるようにと祈りを捧げていた。

母親を失った悲しみを乗り越えたくて慈善《じぜん》活動を始めたクローデットだったが、そのうち子供達との触れ合いで悲しみが癒やされ、そして、十六歳の誕生日に聖印が現れる。

「クローデット様に付き纏《まと》っている義妹の名前は？」

「プリシラ様というそうよ。……お母様を亡くして悲しい時に、いきなり他人が家に入ってきて、その人達が自分よりお父様に愛されたらとてもつらいわ……」

アンジュが悲しげな顔をする。

その背中をそっと撫でてやった。

「そうね、伯爵は配慮に欠けているわ」

けれども、どうして原作とは違うのだろうか。

……もし違うとしても聖女はクローデットになるはず。

そうすれば、彼女の苦境も変わるだろう。

「良ければ、今度クローデット様が出席するお茶会を調べてもらえるかしら？」

「それなら今度、教会に行く予定があるから、ヴィヴィアンも一緒に行く？　私が行く教会によくクローデット様も来ているから……クローデット様が気になるの？」

「バスチエ伯爵家は中立な家だから、貴族派《こちら》に取り込めたらとは思っていたけれど、クローデット様の話を聞いていたら彼女を助けてあげたいと思ってしまったわ」

主人公だから本当は距離を置いたほうがいいのだろう。

しかし、母親を失い、信じていた父親が自分と一歳違いの娘と見知らぬ女性を突然連れてきたら、誰だってショックを受けて当然だ。

とは言え、わたくしに出来ることなんて、クローデットと親しくなることくらいしかない。

いくら中立の家であっても家格が上の家との繋《つな》がりは重要で、公爵家ともなれば、繋がりを持てばより顔を広めることが出来る。

「ヴィヴィアンは優しいね」

「そう言うアンジュこそ、クローデット様のことが気になってるんでしょう?」

「うん……だって、あまりにも酷《ひど》いよ……」

それにわたくしも頷《うなず》いた。

「そうね、クローデット様は何も悪くありませんもの」

＊　＊　＊　＊　＊

そうして三日後、アンジュと共に教会を訪れた。

もちろん侍従としてリーヴァイも連れている。

……クローデットとリーヴァイの出会う時期がズレることになるけれど……

リーヴァイはわたくしの記憶を見て、クローデットのことは分かっており、彼いわく「興味がない」とのことだった。

クローデットに助けられていないからかもしれない。

いつも行く大きな教会ではなく、やや小さな教会は人気《ひとけ》もない。だからこそアンジュはここに来ているのだろう。

「この時間にクローデット様はいつもいるの。でも、もしかしたらプリシラ様もいるかも……」

「教会にまでついてくるの？」

「時々だけど……」

そうだとしたらクローデットは原作より、教会に頻繁《ひんぱん》に通っているだろう。たまに義妹がついてくるとは言え、家にいるよりかは一人でいる時間が出来る分、心休まると思う。

扉を開けて教会に入る。

祈りの間には一人の少女がいた。

コツ、とアンジュが足を踏み入れる音が響く。

そうして、少女が振り返った。

落ち着いたやや暗めの茶髪は癖《くせ》がなく真っ直ぐで、大きな瞳は深い青色をしており、背後のステンドグラスから差し込む光を浴びた姿は清らかさすら感じられる。

……さすが主人公ね。

わたくしもアンジュも美しい容姿だと言われるけれど、クローデットは美しいというより、可愛らしいという言葉がとても似合う。

方向性は違っても、クローデットは整った顔をしていた。

振り返ったクローデットはジッとこちらを見る。

アンジュと共に歩き出せば、響く足音にハッとした様子でクローデットが視線を下げた。

何度かアンジュと話したことがあるそうなので、公爵令嬢に失礼がないようにと思ったのだろう。近づき、まずは顔見知りのアンジュが声をかけた。

「ご機嫌よう、クローデット様」

「ご機嫌よう、アンジュ様……えっと……」

わたくしとは年齢も違い、まだアンジュもクローデットも公《おおやけ》のお茶会などに出たことはない。だからわたくしを知らなくとも不思議はなかった。

「こちらはヴィヴィアン様で、私の親友です。ヴィヴィアン、こちらはクローデット様で、何度かお話をしたことがあるの」

アンジュの紹介にわたくしは出来る限り優しく微笑《ほほえ》んだ。

「初めまして、ランドロー公爵家の長女、ヴィヴィアン・ランドローと申します。どうぞ、ヴィヴィアンと呼んでくださいな」

「こ、こちらこそランドロー公爵家の方に失礼をいたしました……！　バスチエ伯爵家の長女、クローデット・バスチエと申します」

「いいえ、クローデット様はまだ公のお茶会に参加したことがないのですから当然ですわ」

慌てて頭を下げようとするクローデットを手で制する。

「お気になさらないでください。それと、遅くなりましたが、お母様のこと、お悔《く》やみ申し上げます」

「っ……」

クローデットの青色の綺麗《きれい》な瞳が揺らめき、あっという間に潤むとポロポロと涙がこぼれ落ちた。

すぐにハンカチを取り出してクローデットの涙を拭《ぬぐ》うと、クローデットが俯《うつむ》いた。

「ご、ごめんなさい、いきなり、泣いてしまって……っ」

なんとか泣くのを我慢しようとして、でも止められなくて、声を押し殺す姿はあまりにも痛々しかった。

「謝ることなどありませんのよ。家族を失えば悲しいのは当然ですもの。その気持ちはとても尊《とうと》いものですわ」

本当は勝手に相手の体に触れるのは良くないことだが、そっとクローデットの手を握る。

その手の上にアンジュも手を重ねた。

「昔、何かの本で読んだのですが、亡くなった方を思って泣くと、天国にいるその人の周りに花が降るそうです。そうして亡くなった方は生きている人々が自分を思ってくれていると知ることが出来て、心穏やかに過ごせるのだとか」

「花が、降る……」

「ええ。ですから、我慢しなくていいのですわ。クローデット様が沢山《たくさん》泣いて、お母様に愛情の花を沢山降らせてさしあげればよろしいのではなくって？」

クローデットが顔を上げ、そして小さく呟《つぶや》いた。

「……逆に、お母様を心配させてしまいそうです」

また俯きかけたので、ギュッと手を握る。

「家族なのですから、心配をかけても良いではありませんか。わたくし達もいずれは死ぬのならば、沢山心配をかけて、沢山思い出を作って、向こうに行ってから文句も思い出話も沢山すればいいのです」

もう一度クローデットが顔を上げる。

「人間は忘れる生き物です。だからこそ、今、悲しいと思う気持ちのままに泣けばよろしいのですわ。我慢していたら、いつか心が壊れてしまいますもの」

「そうです……！　つらい時は『つらい』と言っていいと思います……!!」

瞬いた青い瞳から、また涙がこぼれ落ちる。

けれども、クローデットは微笑んでいた。

「アンジュ様、ヴィヴィアン様、ありがとうございます……」

やっとクローデットがわたくしの手とハンカチを握る。

振り向けば、リーヴァイが気を利《き》かせて人が来ないか出入り口に立って確認してくれていた。

それに泣いている姿を異性に見られるのは恥ずかしいだろう。

……リーヴァイってあれで不思議と気が利くのよね。

顔を戻し、クローデットに声をかける。

「ねえ、クローデット様。わたくし達とお友達になりませんか？」

「え？　わたしが、お二人と……？」

「そうよ。わたくし、美しい者が好きなの。クローデット様はとても可愛《かわい》らしいから、わたくし、気に入りましたわ」

戸惑うクローデットにアンジュが耳打ちする。

「ヴィヴィアン様や私とお友達になれば、お茶会とか、お泊まりとかを言い訳に家から離れられますわ。公爵家の申し出ならば伯爵も断れませんし、私達との繋《つな》がりがクローデット様にも、その、利益があると思います」

クローデットが戸惑った顔でわたくしとアンジュを見る。

主人公には近づかないつもりだったけど、内情を聞いて見て見ぬふりをするのは無理だと思った。

「余計なお世話かもしれませんけれど、わたくし達、伯爵の配慮《はいりょ》のなさには怒っておりますのよ」

「ふふ、ヴィヴィアンは優しいの」

「そう言うのはアンジュか家族くらいよ。まあ、わたくし自身、きつい性格なのは否定しませんが」

アンジュの言葉に頷《うなず》けば、ふっとクローデットが小さく笑う。

その笑顔が眩《まぶ》しいほど可愛くて、『ああ、やっぱり主人公は別格なのね』と思った。

「わたしも、ヴィヴィアン様は優しいと思います」

それから、そっと手を握り返された。

「その、お二人とも、わたしとお友達になっていただけますか？」

「ええ、もちろん。提案したのはわたくしのほうですもの」

「私も、クローデット様と仲良くしたいです」

三人で顔を見合わせ、微笑み合う。

……こんな可愛い子を放っておくなんて出来ませんわ。

視線を感じて振り向けば、リーヴァイが少し呆《あき》れた顔をしていたけれど、その口元は微笑んでいた。

「さっそく、帰ったらお手紙を書きますわね」

魔王であるリーヴァイの未来だけではなく、クローデットの未来も変えてあげられたらいいなんて、わがままだ。

それでも、目の前にいる女の子を助けたいと思う。

……クローデットには申し訳ないけれど。

わたくしも全部が善意ではない。

クローデットと仲良くなっておけば、もし彼女が聖女となったとしても、友達の侍従《リーヴァイ》を殺すという選択は出来なくなるかもしれない。

それは結果としてクローデットを苦しめるかもしれない。

だから、わたくしは優しくなどなくて。

「はい、楽しみにしています」

けれども優しいと言われるならば、優しく振る舞おう。

それでクローデットと親しくなれるなら、優しい友達を演じよう。

嬉しそうに微笑むクローデットにチクリと少しだけ心が痛んだ。

その後、クローデットが落ち着くまで過ごし、少しの間お祈りをしてからアンジュと共に帰った。

帰ってすぐにクローデットとアンジュに『我が家にお茶を飲みに来ないか』という手紙を書いて送る。公爵令嬢からの手紙を無視することはないだろう。

「本当にあの娘と友人になるつもりか？」

リーヴァイの問いにわたくしは頷いた。

「ええ、苦しい時に助けてくれた大事なお友達の侍従《じじゅう》なら、殺せないかもしれないでしょう？」

「ふっ、なかなかに性格が悪いな」

「あら、知らなかったの？　わたくし、とっても性格が悪いのよ。そうでなければ、わがまま放題に生きるなんて出来ないもの」

よほど嬉しかったのか、翌朝には二人から返事が届いた。

わたくしは主人公《クローデット》と仲良くなる決心をした。

＊　＊　＊　＊　＊

初めてクローデットと出会ってから一週間後。

我が家にアンジュとクローデットが来る日になった。

ちなみに、お兄様とお母様はリーヴァイを通じてわたくしの記憶の内容も知っていて、クローデットを招くと言った時、とても反対された。

「でも、相手を籠絡《ろうらく》、もしくは懐柔《かいじゅう》するのは良い手ではありませんこと？　つらい時に縋《すが》った相手ほど恩を感じるでしょう？　そんなわたくしの大事な人を、彼女は殺せるかしら？」

そう言えば、お兄様もお母様も微妙な顔をしていた。

……あら、もしかしてお二人とも、わたくしが性悪《しょうわる》だってご存じなかったのかしら？

リーヴァイは愉快そうに笑みを浮かべていたが。

そうして、まずアンジュが到着した。

いきなりわたくしと二人きりになって気まずい思いをさせてしまうより、何度か話して顔見知りのアンジュがいたほうが安心するだろう。

「ヴィヴィアン、ご機嫌よう」

「ご機嫌よう、アンジュ」

二人でいつものように抱き締め合っていると、バスチエ伯爵家のものだろう馬車が到着した。

あまりに時間通りなので、きっと、クローデットは真面目《まじめ》な性格なのだろうと感じた。

「お待たせしてしまい、すみません……！」

外に立っていたわたくし達を見て、クローデットが慌てて降りてこようとしたので、手で制した。

「大丈夫ですわ。アンジュも今来たばかりですわ」

「そうです、クローデット様は丁度《ちょうど》良い時間でしたっ」

わたくしとアンジュの言葉に、クローデットはホッとした様子で馬車から降りてくる。

どうやら使用人がついてきているようだ。

しかし、クローデットが馬車から降りる時に手も貸さずに立っていて、侍女《じじょ》のような格好をしているがそうとは思えなかった。

……あまり良い使用人ではないようね。

クローデットもその使用人を気にしているふうだった。

「さあ、中へどうぞ。……ミリー、わたくし達が話している間は暇になってしまうから、そちらの方をもてなしてさしあげて」

「かしこまりました」

侍女同士のほうが気が楽だろう、というのは表向きで、わたくしが内心で邪魔だと感じていることを、わたくしの侍女はしっかりと理解したようだ。

バスチエ伯爵家の侍女が戸惑っている間に「さあ、あなたはこちらへ」と侍女とメイド達とで連れ去っていった。

クローデットがキョトンとした顔をしている。

「え、あの……？」

それにわたくしは微笑《ほほえ》んだ。

「あの方は侍女に相応《ふさわ》しくありませんわね。もしかして、伯爵か夫人が選んだ者かしら？」

「えっと、お父様が……元は妹の侍女だったのですが……」

「なるほど、仕える相手を替えられて不満だったのね。それにしても、給金を受け取っている以上は最低限の仕事はこなすべきだと思うわ」

恐らく、公爵家からの招待状が本物かどうか、わたくしとクローデットがどれほど仲が良いのかを確かめるためだろう。

「それは仕方ないです。妹の侍女は妹から色々ともらえるのに、わたしは何もあげられないし、お父様達からも疎《うと》まれていますから」

悲しげに俯《うつむ》くクローデットの手を握る。

「あなたは何も悪くありませんわ。さあ、ここでは嫌な気持ちを忘れて楽しく過ごしましょう？」

クローデットに意識を集中させて『魅了』を使う。

まだ聖印が出ていないからか、クローデットは一瞬、わたくしに見惚《みと》れたような表情をした後にこくりと頷いた。

アンジュはわたくしが『魅了』を使ったことに気付かなかったようだ。

屋敷に入り、応接室に案内する。

お茶の用意が整えられており、わたくし達が座ると、今日はリーヴァイが紅茶を注いでくれた。

「ありがとう」

声をかけるとリーヴァイが艶《あで》やかに微笑む。

頭を差し出してきたので撫《な》でてやった。

「……いいなあ」

アンジュの羨《うらや》ましそうな呟《つぶや》きにわたくしは笑った。

「うふふ、羨ましいでしょう？　こんな美しい子、他にはおりませんわ」

「それもそうだけど、私はヴィヴィアンに頭を撫でてもらえるのが羨ましいよ……！」

「あら、そちらなの？」

そういえば、昔はよくアンジュの頭を撫でてあげていた。

けれども最近はもうそういったことはしていない。

椅子《いす》から立ち上がり、アンジュの頭も撫でると、嬉しそうにアンジュが笑った。

視線を感じて見れば、クローデットも羨ましそうな顔をしていた。

……もしかして魅了が思いの外《ほか》、効いているのかしら？

アンジュの頭を撫で終えて席へ戻る。

リーヴァイに声をかけてお菓子を取り分けてもらいつつ、クローデットにも言う。

「クローデット様も遠慮せず、召し上がってくださいね」

「は、はい……！」

クローデットもいくつかお菓子を皿に取り分けてもらい、その青い目が輝いていた。

甘くて見た目も美しいから楽しんでもらえるだろう。

紅茶とお菓子を楽しんでいると、クローデットが口を開いた。

「今日は、お招きくださり本当にありがとうございます。……わたし、家にいるのがつらくて、こうして声をかけていただけて助かりました」

「どういたしまして。でも、お友達を家に招待するのは普通のことだもの。お気になさらないで」

しかし、クローデットの表情はまだ、どこか暗い。

わたくしとアンジュの家に毎日入り浸るわけにもいかないので、そうなると確かに教会くらいしか行くところがなかったのも分かる。

……そうだわ、どうせ教会に行くのであれば。

「良ければ、わたくしの担当する孤児院に今度遊びにいらっしゃいませんか？　慈善《じぜん》活動の一環として子供達に何か教えてくださるととても嬉しいですわ」

「え、わたしが子供達に？」

「もちろん、必ずそうすべきというわけではありませんので、子供達の相手をしてくださるだけでも構いませんわ。その間は家にいなくても済みますし、慈善活動でしたら頻繁《ひんぱん》に外出しても変な噂《うわさ》も立たないでしょう？」

クローデットが考える仕草をした後に頷《うなず》いた。

「そういうことでしたら、是非《ぜひ》、お願いいたします」

「今度、予定を合わせて行きましょうね」

クローデットが嬉しそうにはにかんだ。

その表情がとても可愛《かわい》くて、主人公は何をしても可愛いのだと改めて実感させられた。

「クローデット様、嫌なことはここで全部話していいのですよ。ヴィヴィアンも私も、ここで聞いたことは誰にも話しませんから」

「ええ、そうよ、つらいことがあった時は誰かに話したほうが気持ちが軽くなるわ」

そうして、クローデットは色々と話してくれた。

政略結婚とは言え、伯爵と前伯爵夫人はそれなりに仲の良い夫婦であった。少なくともクローデットはそう感じていた。

だが、前伯爵夫人が亡くなると伯爵は変わってしまった。

突然「新しい母親だ」と見知らぬ女性と少女を連れてきた。

女性は男爵家の令嬢で、実は昔から伯爵の恋人で、少女は伯爵と男爵令嬢との間に生まれた一歳下のクローデットの義妹だった。

「でも、それから家の雰囲気《ふんいき》は変わってしまって……」

バスチエ伯爵家は義妹中心となった。

伯爵も新しい伯爵夫人も義妹のわがままならばどんなことでも叶え、まるで最初からバスチエ伯爵家はそうだったかのように家族として振る舞い、前伯爵夫人との間の子であるクローデットはいつも一人ぼっち。

一応、伯爵令嬢に相応しい装《よそお》いや生活はさせてもらえているものの、使用人達の態度も段々と冷たくなり、最近は昔から仕えてくれていた侍女一人しかいなかった。

けれどもその侍女も辞めさせられて、代わりについたのが、先ほどの侍女だったそうだ。

放置されているならばそれでも良かっただろう。

しかし、何故か義妹はクローデットにしつこく付き纏《まと》ってくる。

どこへ行くにもクローデットを連れていこうとするし、クローデットが行く場所にもついてこようとする。

「今日、ここに来る時はさすがにお父様に止められていたけれど、ついてきたがっていました……」

わたくしが招待をしたのはクローデットだけで、もし義妹が来たとしても追い返していただろう。

「大丈夫よ。もしその妹さんがいらしたとしても、お友達ではないから入れないし、わたくし、その方とは仲良く出来ないと思うわ」

その言葉にクローデットが安堵《あんど》したような顔をした。

家で一人ぼっちというのは寂しく、つらいだろう。

雰囲気が暗くなってしまったので、手を叩いて空気を一新させる。

「そうだわ、せっかくだから我が家の庭園をご案内しましょう」

アンジュとクローデットも頷き、一旦席を立つ。

リーヴァイも連れて、四人で庭園へ向かった。

「公爵家のお屋敷はとても凄《すご》いですね……」

クローデットが飾られた絵画や美術品などを見ながら、感動した様子で言う。少し興奮しているのか、青い瞳が忙《せわ》しなく辺りを見回している。

「ええ、自慢の家ですわ。でもガネル公爵家のほうがもっと凄いですわ。アンジュも、アンジュのお母君のジュリアナ様も、ガネル公爵も、美術品に目がありませんから」

ガネル公爵家の美術品の量は我が家よりも多い。

それでいて派手になりすぎないのだから、屋敷を整えているジュリアナ様はさすがである。

「えへへ……えっと、クローデット様さえよろしければ、今度、我が家にご招待してもいいですか……？」

「はい、是非！　わたし、美術品を眺めるのが好きなんです！」

「では招待状を書きますね……！」

アンジュとクローデットも話が合いそうだ。

庭園に出ると、何故か左右の腕にアンジュとクローデットがくっついてくる。

……あら、また両手に花ね？

以前はリーヴァイとお兄様だったけれど、今度はアンジュとクローデットである。

そのまま三人で手を繋《つな》いで庭園を散歩したのだった。

それでクローデットの気持ちが晴れたのか、その後は暗い雰囲気になることもなく、三人で楽しくお茶をしながらお喋《しゃべ》りをして過ごせたのだった。

「また招待状を送るから、いらしてね」

「はい、絶対にまた来ます……！」

クローデットは何度も頷いていた。

……ああ、何度も言うけれど、主人公《クローデット》は可愛いわね。

ちなみにクローデットについてきていた侍女《じじょ》は、歓待されて機嫌良さそうに帰っていった。

これできっとクローデットがわたくしと本当に仲が良く、使用人ですら歓迎されたと伯爵に報告するだろう。

＊　＊　＊　＊　＊

アンジュとクローデットが帰った後。

自室でのんびりと過ごしているとお兄様が来た。

「どう？　目的の子とは仲良くなれたかい？」

「ええ、お友達になりましたわ」

「出来れば僕との時間も作ってくれると嬉しいんだけどね」

よしよしと頭を撫でられる。

「お兄様もお忙しいではありませんか」

「妹と過ごす時間くらいは作れるよ。今日はこれから父上と夜会に行ってくるけど、今度、一緒にお茶をしよう」

「楽しみに待っておりますわ」

お兄様は微笑《ほほえ》み、リーヴァイと目が合うと小さく頷いてから部屋を出ていった。

「ところで、クローデットを見てどう思ったかしら？」

リーヴァイを見上げれば、つまらなさそうな顔をしていた。

そんな顔は初めてだったので少し驚いてしまう。

「どうとも思わん。あえて言うなら『地味な娘』だな」

「地味？　とても可愛かったと思うけれど」

「見た目はな。だが心惹《ひ》かれる点はない。ごく普通の娘だ」

クローデットはリーヴァイのお気に召さなかったらしい。

……それはそれでホッとしたわ。

内心で胸を撫で下ろし、それに小首を傾《かし》げる。

リーヴァイが主人公《クローデット》に惹かれなくて良かったのは、原作のような悲劇にならなくて済むだろうからだ。

……でも、ホッとしたのはそれだけではないような？

「たとえアレが聖女になったとしても、我はなんとも思わん」

「そう、それは何よりだわ。でも主人公は一人娘の設定だったはずなのに、何かおかしいのよね……」

「ここは物語の世界ではない。差異があっても不思議はないだろう。そもそも、そなたが我を購入した時点で違っている」

「それもそうね」

とりあえず、しばらくは主人公懐柔《かいじゅう》作戦でいく予定だ。

リーヴァイが足元に座り、わたくしを見上げてくる。

「そんなことより、最近我を放置しがちではないか？」

不満そうなリーヴァイに苦笑する。

「そんなことはないと思うけれど」

「だが、我が望まないと触れないではないか」

「……普通はそういうものではなくって？」

ズイ、と頭が差し出されるのでリーヴァイの頭を撫でる。

食事や生活の質が向上したからか、最初は痛んでいたリーヴァイの髪や肌も、今では艶《つや》が出て、より美しくなっている。

「以前のように口付けてはくれないのか？」

どうやらリーヴァイはおねだりも上手《じょうず》らしい。

そっと頭に口付ける。さらふわの髪が心地好い。

「もう、家族にだってこんなことはしないのよ？」

「それならば、我は特別ということだな」

見上げてくるリーヴァイにわたくしは目を瞬かせた。

「あら、リーヴァイは最初から特別だったわ」

わたくしの推しで、幸せを願っている特別な人。

だからこそ、こうして悲劇的な最期を迎えないように頑張っているのだ。

「我にとってもヴィヴィアンは特別だ」

「そうでしょうね、主人ですもの」

リーヴァイがふっと微笑んだ。

「そなたは本当に手強《てごわ》いな」

それがどういう意味なのかは訊かないでおこう。

第三章……………悪役令嬢と策略

そして十六歳になるまであと一月《ひとつき》。

また国王から王城へ来るように手紙があった。

……嫌な予感がしますわね。

しかし、国王からの手紙を無視するわけにもいかず、わたくしはお父様と共に登城した。

今回は断るのに必要かもしれないとリーヴァイも連れていく。

「ヴィヴィアン、恐らくまた王太子殿下との婚約についての話だろう。嫌ならお断りしていいからな」

「はい、お父様」

城に到着すると使用人の案内で、前回同様、奥に通された。

この時点でもはや色々とお察しなのだが、応接室に着くと、控えの間にリーヴァイを待たせて中へと入る。

そこには国王と王太子殿下だろう若い男性がいた。

王太子はややくすんだ柔らかな色の金髪に淡い水色の瞳で、くせの少ない髪が顔を上げるのと同時にさらりと揺れる。

……美しいけれど、わたくしの好みではないわね。

お父様とわたくしは礼を執《と》った。

「国王陛下と王太子殿下にご挨拶《あいさつ》申し上げます」

「ご挨拶申し上げます」

国王が頷《うなず》き、ソファーを勧めてくる。

「ランドロー公爵、ヴィヴィアン嬢、よく来てくれた。さあ、そこに座っておくれ」

お父様と共にソファーに座る。

王太子殿下と目が合ったので、失礼のない程度に目を伏せ、視線を外す。

「陛下、まさかとは思いますがまた婚約のお話でしょうか？」

「そう嫌そうな顔をしないでくれ。公爵家にとっても悪い話ではないと思うが……」

「我が家は今でも十分な地位を得ております。もはや今以上は望んでおりません。何より、娘には愛する者と結婚してほしいと思っています」

国王はそれでも笑みを崩さなかった。

「ヴィヴィアン嬢よ、どうだ？　親馬鹿に聞こえるかもしれないが、私の息子もなかなか見目も良く、優秀で、結婚相手としてこれ以上の者はいないと思わないかね？」

チラと王太子殿下を見るが、その表情はどこか不満げで、すぐに逸《そ》らされた視線からもわたくしとの婚約は望んでいないのだろう。

内心で小さく息を吐く。

「公爵令嬢の結婚相手としては素晴らしいと思いますわ」

「では、婚約をしてくれるかね？」

「いいえ、お受け出来ません。そもそも、あくまで候補でしかなかったはずです。候補だった他のご令嬢がいらっしゃるではありませんか」

「他の令嬢達を王太子妃とする案も考えたが、やはりランドロー公爵家と縁を繋《つな》ぐことが王家としても望ましいという結論になったのだ」

……本当に考えたのかしら。

正直、一度ハッキリ断っているのにしつこく食い下がられたところで、こちらが折れると本気で思っているのだろうか。いざとなれば王命で婚約させることも出来るという国王の思考が透けて見える気がして、不愉快である。

わたくしが首を縦に振らないことを察したのか、国王は困ったような顔をする。

「エドワード、ヴィヴィアン嬢。少し若い者同士で話をしてみてはどうかね？」

そういうわけで、わたくしは王太子と隣室へ移動した。

王太子のそばにはオレンジ髪の近衛《このえ》騎士がいて、すぐにそれがアンジュの婚約者であり、攻略対象の一人であるギルバート・マクスウェルだと分かった。

目が合っても静かに目礼を返される。

現在のギルバートは女たらしではないようだ。

わたくしは控えの間にいるリーヴァイを呼び、代わりに王城のメイドを追い出した。

メイドはこの部屋で起こることを国王に全て報告するはず。

だからこそ、わたくしは信用出来なかった。

「改めて初めまして、エドワード・ルノ＝シャトリエだ」

「ヴィヴィアン・ランドローと申します」

王太子の視線がわたくしの斜め後ろにいるリーヴァイに向けられる。

「ランドロー公爵令嬢は奴隷《どれい》に入れ込んでいるという噂《うわさ》を聞いたが、あながち間違いでもなさそうだな」

それがどういう意図で出された言葉かは知らないが、安堵《あんど》と少しの侮蔑《ぶべつ》を感じ、わたくしは扇子《せんす》で顔を隠した。

「まあ、よくご存じですこと。確かにわたくしはこの子を愛しておりますけれど、噂好きなスズメ達がお喋《しゃべ》りしているような関係ではございませんわ。王太子殿下ともあろう方が、下世話な噂話を一方的に信じられるとは少々意外でしたわ」

王太子が一瞬黙った。

その後ろにいるギルバートの頬《ほお》が僅《わず》かに引きつる。

「信じているわけではないが……。では、私と婚約する気は本当にないのだな？」

「しつこいですわ。わたくし、これでも一途《いちず》ですの」

「それならばいい。私も、実は想いを寄せている者がいる。その者と結婚したいと考えていたので、そなたに婚約する気がないと知ることが出来て安心した」

……あら、もう心に決めた相手がいるの？

原作ではクローデットに初めて恋をするはずだが。

「よろしければ、お相手についてお訊きしても？　場合によっては我が家が後見になることで、王太子殿下の婚約者に推薦《すいせん》することも出来るかもしれませんわ」

王太子は驚いたように顔を上げ、そして視線を逸らした。

「……そなたの知っている者だ。クローデット・バスチエ伯爵令嬢。友人らしいな」

「まあ、クローデット様でしたのね」

原作とは流れは変わっているものの、クローデットが王太子と出会ったというのは大きい。

「彼女は優しくて、可愛《かわい》らしくて、素敵な方ですものね」

わたくしの担当する孤児院でも子供達に人気だ。

最初に連れていってから、頻繁《ひんぱん》に孤児院を訪れ、子供達に手紙の書き方やドレスの着替えの仕方などを実践《じっせん》させてくれるので喜ばれている。

子供達ともよく遊んでくれるので、わたくしよりも人気があるかもしれない。

「ああ、私は彼女と出会って、初めて恋をした」

どうやら王太子とクローデットは、わたくしとクローデットが仲良くなってすぐに出会ったらしい。

出会いは王太子が視察中に教会に立ち寄り、そこで祈りを捧げるクローデットを見つけたことから始まった。

それから密かに逢瀬《おうせ》を重ねていて、国王や王妃はそれを知らない。

伯爵令嬢なので身分的に王妃とするのは難しい。

多分、クローデットは王族について話さないほうがいいと思ったのだろう。

王太子と親しいのを黙っていたのは正しい判断だ。

……ちょっと待って。これは使えるのではなくって？

「殿下、やはりわたくし達、婚約いたしましょう」

パチリと扇子を閉じれば、王太子が眉根《まゆね》を寄せる。

「ああ、結婚したいという話ではございませんわ。このままだと両陛下はいつまでもわたくし達を婚約させようとするでしょう？　いっそ、一時的に婚約してしまえば良いのです」

「だが、陛下が承認した婚約を解消するのは難しい」

そう、正直に『婚約を解消させてください』と言えば、絶対に陛下は頷いてはくださらない。

「時が来たら殿下は人々の前でわたくしに婚約破棄《はき》を言い渡すのです。大勢の貴族が目撃する中で殿下が破棄をすれば、陛下も諦めざるを得ないかと」

「……なるほど。王家が公爵家の尊厳を傷付けたとなれば、公爵家から婚約の解消を申し出やすくなり、陛下も受け入れる他ないだろう」

「この場合、殿下には『婚約者よりも奴隷を優先するような令嬢とは結婚出来ない』という理由で婚約破棄を言い渡していただければと思います」

「良いのか？　今後まともな結婚は出来なくなるぞ？」

婚約を破棄されるというのは貴族令嬢にとっては瑕疵《かし》になる。

わたくしはそれに微笑《ほほえ》み、手を上げる。

当たり前のようにその手にリーヴァイが顔を寄せてきたので、そっとその頰を撫《な》でた。

「そのほうが好都合ですわ」

それで通じたのか、王太子が考える仕草をする。

そして婚約破棄と同時にクローデットを婚約者にすると告げてしまってもいい。

時間が経てば候補達も婚約、結婚し、地位のつり合う令嬢達も減り、ランドロー公爵家が後見となってクローデットを推すという手もある。

……両陛下はお怒りになるでしょうけれどね。

しかし、両陛下の間に子供は殿下しかいない。

殿下が多少何かをやらかしたとしても、廃嫡《はいちゃく》には出来ないし、王弟殿下夫妻の子もまだ生まれたばかりなので次代の王にするには若すぎる。

「……いいだろう」

「では、詳しいお話はまた後日、我が家にお招きした際に詰めましょう。とりあえずは陛下に婚約のお話をしませんと」

「そうだな……」

少し暗い表情をする王太子に声をかける。

「機会を見て、クローデット様と殿下が会えるよう手配いたしますわ。その際に三人で話し合いをしましょう」

「っ、ああ、助かる」

ギルバートは黙っているので、恐らく、王太子側の人間だろう。

原作でも王太子ルートだとギルバートが応援していたはずなので、女たらしにさえならなければ、良い人だと思う。

隣室に戻り、お父様の隣へ腰を下ろす。

王太子を見れば頷き返された。

「陛下、ヴィヴィアン嬢と婚約したいと思います」

「わたくしも、殿下との婚約に同意いたします」

お父様が驚いた顔をしてわたくしを見た。

その心配そうな表情に、大丈夫だと、微笑み返す。

国王が嬉しそうに表情を明るくした。

「そうか、それはありがたい。ヴィヴィアン嬢よ、これからは息子をよろしく頼む」

「かしこまりました、陛下」

そしてその場で婚約届を出し、お父様とリーヴァイと共に帰ることにした。

陛下はすぐに帰るわたくし達に少し残念そうな様子ではあったが、これ以上、下手《へた》に押して婚約を取りやめるなどということにされたくなかったのだろう。

屋敷に戻り、お父様の書斎で家族全員で揃ったところで、わたくしは王太子との婚約をしたことと、その狙いについて説明した。

お母様もお兄様も、お父様ですら驚いた様子だった。

「よく殿下が頷いたね」

「それくらいクローデット様が好きなのよ、きっと」

お兄様の言葉にわたくしはそう返した。

……数日中にクローデット様にも説明しないとね。

真面目《まじめ》なクローデットの性格を考えると、友人と想い人が婚約しても『自分が身を引けば……』などと考えてしまうだろう。そうなってはわたくしも困る。

クローデットと王太子がくっつき、婚約破棄されれば、わたくしは他の貴族と結婚せずに済むだろう。

「ヴィヴィアンはそれで大丈夫なのか？」

お父様が心配してくれたが、わたくしは問題ない。

「ええ、わたくし、結婚するつもりはありませんので」

「そうなのか？　魔王様を愛しているのだろう？」

「愛していますが、わたくしはきっと選ばれませんわ」

第一、魔族達が賛成しないだろう。

「そんなことはないと思うけど」

というお兄様の言葉に首を傾《かし》げる。

お兄様は最近わたくしに甘いから、そう思うのではないか。

「とにかく、しばらくは王太子殿下の婚約者として過ごしますわ」

＊　＊　＊　＊　＊

王太子との婚約をしてから二日後。

仲を深めるという名目で王太子を我が家に招き、クローデットも招くことにした。

ちなみにクローデットは王太子が来ることを知らない。

手紙に書いてバスチエ伯爵家の誰かに見られる可能性を考えて、こちらに来てから王太子が来ることを伝えた。

「えっ、殿下がいらっしゃるのですか!?」

酷《ひど》く驚くクローデットには申し訳ないが、この後、更に驚くべきことを話さなければならない。

クローデットが到着してすぐに王太子も到着した。

応接室に通された王太子を見て、クローデットの表情が少し強張《こわば》ったが、王太子がクローデットに声をかける。

「クローデット、ヴィヴィアン嬢には私達の関係を話してあるから大丈夫だ」

「そうだったのですね」

クローデットがホッとした様子で胸を撫で下ろす。

「クローデット様、これから話す内容は他の誰にも話さないでいただきたいのです。そして、何を聞いても殿下のお心を信じてくださいませ」

そして、わたくしは先日、王太子とした話をクローデットにも説明した。

最初は驚き、顔を赤くしたり青くしたり、忙しそうにしていたクローデットだったけれど、王太子は自分《クローデット》との未来のために、わたくしはわたくし自身のために、あえて婚約を選んだことについてあっさり納得してくれた。

「殿下もヴィヴィアン様も、こんなことでわたしを騙《だま》すような方ではありません。だからお二人を信じます」

「ありがとう、クローデット」

二人が立ち上がり、手を取り合う姿は微笑ましい。

眺めていると我に返った二人が慌てて手を離す。

それから、王太子とクローデットがソファーに戻った。

「このお話は我が公爵家も了承しています」

「本当に、ヴィヴィアン嬢にはなんと礼を言えばいいか……」

「それは成功してからおっしゃってくださいな」

王太子の言葉に笑ってしまう。

……でも、王太子に貸しを作っておくのは悪くないわ。

もしクローデットが王太子妃になれなかったとしても、次代の王に協力しておけば何か役立つことがあるかもしれない。

両陛下に嫌われる可能性はあるが、わたくしにとってはむしろそうなって婚約が解消されれば嬉しい。わたくしを嫌っても、ランドロー公爵家を厭《いと》うことは出来ないはずだ。

「クローデットも、もし伯爵から何か言われたら『ランドロー公爵令嬢が侍女《じじょ》に自分を欲しがっている』と伝えてください。王太子妃の侍女が主人より先に結婚は出来ないと言えばいいのよ。もし無理やり誰かと結婚させられそうになったら、わたくしに教えてくだされば、すぐに伯爵を止めますわ」

クローデットが結婚させられないよう、伯爵へ手紙を書いたほうが良さそうだ。

立ち上がったクローデットに手を取られる。

「ありがとうございます、ヴィヴィアン様……！」

「気になさらないで。お友達の幸せに協力出来て、わたくしも嬉しいですもの」

……王太子と主人公の信頼が得られるのなら安いものよ。

その後、クローデットと王太子に二人の時間を与えて、わたくしはその間にクローデットに持たせる手紙を書いた。

もし話が違うと言われても、令嬢のわたくしの一存だったとなれば公爵家は関係なかったと言える。

王太子妃教育を受けるのは手間だが、学ぶことは無駄にはならないだろう。

＊　＊　＊　＊　＊

十六歳の誕生日を迎え、成人となった日。

家族や使用人達から祝ってもらい、贈り物をもらって、嬉しい一日――……となれば良かったのだけれど、そうはいかなかった。

夕食後、家族との団欒《だんらん》を終えて部屋に戻るとリーヴァイが言った。

「我は一度、魔族領へ戻る」

その言葉に、思わず持っていたティーカップを落としそうになった。

なんとかギリギリのところで落とさなかったが、カップを持つ手が震えてしまう。

「……そう。何か用事があるの？」

努めて冷静であろうとしたけれど、声も震えてしまった。

いくらわたくしの奴隷《どれい》とは言え、魔王《リーヴァイ》ならば簡単に隷属《れいぞく》の首輪など外せるだろう。

わたくしの奴隷なのは、あくまでリーヴァイの気紛《きまぐ》れに過ぎない。

「力を取り戻すために、以前の我の亡骸《なきがら》を回収する必要がある。それを取り込むことで残った力を吸収する。終わったら戻ってくるつもりだ」

リーヴァイの言葉にホッとした。

「どの程度の期間、向こうにいる予定？」

「ここから旅をして戻るとすると行きだけで二ヶ月。力を取り込み、馴染《なじ》ませるのに数ヶ月……最低でも一年近くかかるだろう」

「そんなに会えない時間があるのね……」

リーヴァイを侍従《じじゅう》にしてから、ほとんど一緒だった。

とても優秀な使用人であり、推しであり、わたくしにとっては大事な存在。それが一年もいなくなってしまう。

寂しいけれど、力を取り戻すことも重要だった。

もし本来の魔王としての力を十分に取り戻せれば、クローデットと対決することになっても倒されずに済むかもしれない。

そっと、リーヴァイの手が伸びてきた。

わたくしの頬《ほお》を撫《な》で、親指がわたくしの唇を辿《たど》る。

「寂しいか？」

それは、まるでわたくしに「寂しい」と言わせたがっているようで、少し笑ってしまった。

「ええ、寂しいわ」

「正直だな」

「あら、わたくしはいつでも正直者でしてよ？」

リーヴァイを買ったのも、クローデットと親しくなったのも、王太子と婚約を決めたのも、全てわたくしは自分の望みに正直に生きているからだ。

正直だからこそ、わがままなのだ。

「確かに、そなたは常に正直ではあるな」

リーヴァイの顔が下りてきて、わたくしの顔に近づく。

しかし、直前でわたくしはリーヴァイの口元に指を当てて、それ以上近づくのを止めた。

「わたくし、そんな安い女ではありませんわ」

恋人でもない相手と口付けをするつもりはない。

「……我のものになれ」

推しに甘く囁《ささや》かれる甘美さといったら、たとえようもない。

黄金色の瞳に孕《はら》む熱は冗談ではなかった。

……以前はあまり本気度を感じなかったけれど。

今回は本気でそう思っているようだった。

けれども、ここで簡単に流されるわけにはいかなかった。

「残念。わたくしはもう王太子の婚約者よ」

「形だけだろう?」

「そうね。だけど、幸運の女神に後ろ髪はないのよ」

チャンスは摑《つか》める時に摑むべきだ。

わたくしの言葉にリーヴァイが笑った。

「面白い言葉だ」

スッと離れていくリーヴァイを引き留めたくなる。

たとえそれが一時の感情だとしても、推しから望まれたというのはわたくしにとっては何にも代えがたい幸福だった。

……その言葉があれば頑張れるわ。

もし、一年後にリーヴァイの気持ちが変わってしまっても、ほんの僅《わず》かでも、一瞬でも、その心がわたくしに向いたという事実だけでやっていける。

「それでは、いつなら許される？」

「殿下の婚約者ではなくなった時ね。最低でもクローデットが成人するまではこのままでしょう」

「その程度ならば待とう。魔族は長寿だからな」

そこで、お兄様から聞いた話を思い出す。

人間より寿命《じゅみょう》の短い魔族もいるが、大抵の魔族は人間と同じか、それ以上に寿命が長い。

もしかしたら一、二年など、魔族にとってはあっという間の時間なのかもしれない。

リーヴァイがわたくしの頰から手を離して足元に座った。

「いつここを出るの？」

「明日には」

「明日!?」

「ヴィヴィアンの誕生日まではいようと思ってな」

……微妙な気遣いね。

確かに誕生日にリーヴァイがいなかったら、寂しかっただろうけれど、きっといなくなったらそれはそれで寂しくなりそうだ。

撫でろと言うように頭を差し出されたので撫でる。

このさらふわな髪に次に触れるのは最低でも一年後だと思うと、名残惜《なごりお》しくていつもより丁寧《ていねい》に撫でた。

「そうだわ、櫛《くし》を持ってきてちょうだい。髪を梳《す》いてあげる」

リーヴァイはすぐに櫛を持って戻ってきた。

……こういうところが可愛《かわい》いのよね。

リーヴァイの年齢は不明だが、わたくしが十四歳で購入した時に十八歳だったので、人間と同じように成長するなら二十歳《はたち》だろう。

外見年齢的にもそれくらいに見える。

白銀の、少しクセのある髪を少量取り、ゆっくり櫛を通す。

元々、艶《つや》があってさほど絡まってはいなかったみたいだ。

背を向けているのでリーヴァイの表情は見えないものの、静かに髪を梳かれているということは、嫌ではないと思う。

本当に嫌な時、リーヴァイはハッキリと言う。

だから、何も言わないのならいいのだろう。

「……わたくしをあまり待たせないでね」

リーヴァイが一つ頷《うなず》き、振り返る。

「ヴィヴィアン、左手を貸してくれ」

「何かしら？」

言われるまま左手を差し出すと、手の甲に口付けられる。

それから、口を開けたリーヴァイがわたくしの左手の薬指を口に含んだ。

初めて感じる生温かい感触にギョッとしているうちに、リーヴァイが指の根本を結構強い力で噛《か》んだ。血は出なかったが、指が口から解放されると、根本にくっきりと歯型が残っていた。

リーヴァイがハンカチで指を拭《ぬぐ》い、歯形に唇を押し付け、何かを囁いた。

「ここは予約させてもらおう」

本来、結婚指輪をはめるべき場所につけられた歯型。

白い肌に赤く残るそれにドキリとした。

高鳴る心臓に、顔が熱くなるのを感じ、慌ててリーヴァイから顔を背ける。

照れている姿をみられるのは気恥ずかしいような気がした。

「これでは常に手袋をしないといけないじゃない」

思わず、突き放すような言葉が出てしまった。

「良いではないか。これは消えないようにしてある。……手袋をすれば直に男と触れ合わずに済むだろう？」

しかし、そんなわたくしの態度を気にした様子もなく、リーヴァイは機嫌が良さそうだった。

……推しの歯型……。

そして、これをリーヴァイがつけたのだと思うと嬉しくもあった。

「あなたって実は執着心が強いのね？　それとも独占欲かしら？　こんなの、同性にも見せられないわ」

見る人が見れば、歯型だと分かってしまう。

「今更気付いたのか？　こう見えて我もわがままでな。我の主人になった以上、責任は取ってもらうぞ」

「それだと、わたくしはもう奴隷《どれい》を買えないわね」

ギュッと強く手を握られた。

「そなたの奴隷は我だけで十分だ」

「……そうね、あなたで手一杯だわ」

それ以上はお互いに何も言わなかった。

……あなたを求めてもいいのかしら……。

左手の薬指につけられた歯型だけが確かなものだった。

＊　＊　＊　＊　＊

翌朝、リーヴァイはもう旅立っていた。

わたくしが起きるよりも早い時間に出かけたようだ。

……見送りもさせてくれないなんて酷《ひど》い人。

でも、何故かリーヴァイらしいとも思った。

「ヴィヴィアン、あの、どうかしたの？」

アンジュの声にふっと我に返る。

「ごめんなさい、ぼうっとしてしまっていたわ」

「何かあったの？　いつもの侍従《じじゅう》さんもいないし……」

そういうところは勘の鋭い子である。

共にお茶をしていたクローデットも心配そうにこちらを見ていて、思いの外《ほか》、ぼんやりしていたのだと気付く。わたくしにしては確かに珍しいことだった。

なんとか笑みを浮かべて説明した。

「あの子は今、生まれ故郷に帰っているの。どうしても行かなければいけない用事が出来て、帰ってくるまでに最低でも一年ほどはかかってしまうみたいで……」

自分で説明していて、寂しさが募《つの》る。

この二年、リーヴァイはいつもわたくしのそばにいて、見守ってくれていた。

リーヴァイがいなくなって、まるで体に穴が空《あ》いてしまったかのごとく、何かが欠けてしまった感覚があった。

「それは寂しいね。大丈夫？」

「いつも一緒にいる家族がいないのはつらいですね」

向かいのソファーに座っていたアンジュとクローデットが立ち上がると、わたくしを挟むように左右に座り、抱き着いてくる。

慰めてくれる気持ちが嬉しかった。

「ありがとう、二人とも。わたくしは大丈夫ですわ」

それから、あえて話題を変えることにした。

「ところでクローデット様はその後どう？　伯爵にお手紙を書いて渡した後も、ご家族は相変わらずかしら？」

「ヴィヴィアン様のおかげで、少し良くなりました。未来の王太子妃と縁を繋《つな》いだことをお父様は褒《ほ》めてくださいましたし、無視されることも減りました」

「それは何よりですわ」

アンジュとクローデットとは月に数回会うようにしている。

そして、クローデットは月に一度、王太子と会えるようにわたくしは取り計らった。

表向きは月に一度、わたくしとの交流会という名目で王太子を招き、クローデットと過ごさせ、最後の三十分から一時間ほどわたくしと話をして王太子は帰る。

王太子はわたくしと過ごしたことを両陛下に報告する。

だが、ここでわたくし達が親しいと思わせてはいけない。

……一月《ひとつき》後のデビュタント兼婚約発表では不仲を見せつけるのよ。

そうすれば、月に一度の交流も『義務』であったと後々言えるし、婚約破棄《はき》をされても『不仲だったし』と納得されるだろう。

「アンジュはきちんと馬車の整備と点検はしている？」

「うん、毎回、乗る前に執事と侍女《じじょ》が立ち会って、見てくれているよ。前に一度、馬車の車輪が歪んでいたことがあって、それからはより気を遣うようになったの」

「あなたに何もなくて良かったわ」

「ヴィヴィアンのおかげだよ」

アンジュはまだ十四歳なので、恐らくそれは原作でアンジュが死ぬことになった事故とは無関係だろうけれど、馬車の整備について考え直す良い機会になったらしい。

ちなみに、クローデットと王太子の件はアンジュに教えてある。

彼女ならば他者に言いふらすことはない。

アンジュは王太子とわたくしの婚約に驚き、クローデットと王太子の関係に更に驚き、わたくし達の婚約が仮初《かりそ》めのものだと聞いて情報過多で最初は混乱していたが、すぐにクローデットと王太子の仲を応援した。

「クローデット様も素敵な出会いがあって嬉しい」

アンジュがギルバートと婚約したように。

わたくしがリーヴァイを購入したように。

クローデットも愛する人を、心を預けられる大事な人を見つけられたことが、アンジュは嬉しかったのだそうで。

……クローデットもアンジュも可愛《かわい》い子だわ。

ずっとこの子達には友達同士でいてもらいたい。

クローデットも王太子を選んだし、心配はないはずだ。

「でも、クローデット様は本当に大丈夫？　最近、プリシラ様がお茶会に出ているって聞いたのだけれど……」

それに驚いた。

「え？　プリシラ様はクローデット様の一つ歳下《としした》よね？」

公爵令嬢のわたくしですら、きちんと十五歳にならなければ公《おおやけ》のお茶会に出席することは出来なかったのに、準成人でもないクローデットの義妹がお茶会に出るなんて……。

アンジュとクローデットが同じ歳で、異母妹はクローデットより一つ歳下なら、今は十三歳のはずである。

とてもではないがお茶会に出席する年齢ではない。

普通は同年代の同じ伯爵家か、繋がりのある家のご令嬢とお互いを招く小さな身内同士のお茶会をして過ごすものだ。

「え、ええ、そうなんです。伯爵夫人についていってしまって、何度か他の家の夫人から注意をされたみたいですけど、全然やめてくれなくて……」

このままではバスチエ伯爵家は非常識だと言われ、クローデットが準成人を迎えてお茶会に出席した時にも後ろ指をさされてしまう。

……伯爵夫人も元は男爵家の令嬢で、貴族の常識はある程度分かっているでしょうに。

「しかも、お茶会で妹は度々《たびたび》、他の方に失礼をしているらしくて……わたしもどうしたらいいのか……」

クローデットの言うことを聞くことはないのだろう。

「伯爵は注意をしませんの？」

「『可愛いプリシラなら社交もすぐに出来るだろう』と……」

「娘可愛さに好き勝手にさせているのね」

はあ、と溜め息が漏《も》れてしまう。

……仕方ありませんわね。

王太子の婚約者となっている以上、たとえまだ婚約発表をしていなかったとしても、社交界での非常識な行いを放置してはおけない。

まだ非公式だが、貴族間の噂《うわさ》はあっという間に広がる。

もう、既にわたくしが王太子と婚約したことは知られていて、本当かどうか探りを入れてくる手紙も何通かあった。

伯爵夫人達は後妻とその子供なので、多分、参加しているお茶会は伯爵家かそれ以下のものだろう。高位貴族の中には配慮《はいりょ》に欠けた伯爵の行いを不快に感じている者も多い。

それに元が男爵家の令嬢では、伯爵位以上の高位貴族のお茶会では礼儀作法《れいぎさほう》も変わってくるというのもあって、招かれることはないと思う。

「お母様にお願いして、そのプリシラ様とお会いしてみましょう。公爵令嬢、もしくは公爵夫人に注意されれば、さすがの伯爵夫人も控えるでしょう」

クローデットの表情は微妙なままだった。

「……その、ヴィヴィアン様、妹は少し変わっていて、たまにおかしなことを言うのです。それに身分についてよく理解していないようで……」

「わたくし達の注意に耳を傾けないかもしれない？」

「伯爵夫人はともかく、妹は難しいかもしれません……」

……それこそ問題なのでは？

「そうだとしたら、今のうちにきちんと分からせないといけませんわね」

なおさら、その義妹をなんとかしなければ。

バスチエ伯爵や伯爵夫人、その義妹はどうなっても構わないが、クローデットが巻き込まれるのは避けたい。

「とにかく、一度話をしてみますわ」

そっと左手を撫《な》でながら、苦笑する。

……寂しがっている暇はなさそうね。

＊　＊　＊　＊　＊

それから二週間後、伯爵家のお茶会に参加することになった。

バスチエ伯爵家ではなく、他の伯爵家のお茶会だが、お母様にお願いをして顔を繋いでもらったのだ。

どうやらバスチエ伯爵夫人とクローデットの異母妹は問題のある人物として扱われ、招待してくれた伯爵家でも困っていたらしい。

同格で夫同士が知り合いのため招かないわけにはいかないが、招けば他の人々を必ず不快にさせてしまう。

結局、招く他なかったようで、わたくしが注意をすると申し出たら、是非《ぜひ》そうしてほしいと返事が来た。

……まあ、当然よね。

家同士の繋がり的には招待するが、問題を起こすと分かっていて招くのは胃が痛い思いだろう。

だから公爵令嬢のわたくしが注意をするなら、たとえバスチエ伯爵家でも反論は出来ないし、常識を伝えるだけなので角《かど》は立たない……はずである。

もしも恨まれたとしても、わたくしは気にしない。

お茶会の主催者であるベイン伯爵家に向かう馬車の中で考える。

……まさかとは思うけれど、義妹のプリシラという子は貴族教育を受けていないのかしら？

少なくとも、わたくしがクローデットと出会う前には伯爵家に来ているはずなので、それから真《ま》面目《じめ》に教育を受けていれば常識くらいは身につくはずだ。

その辺りもクローデットに訊くべきだったかもしれない。

ふと視線を動かし、向かいにいる侍女を見て、少し寂しさを感じた。リーヴァイがいないことに慣れるのは難しい。

……ダメよ、今はこちらのことに集中しないと。

そうしているうちに馬車は目的地に到着した。

ベイン伯爵家の執事に出迎えられ、お茶会の会場に案内される。

庭園は控えめだが、美しく整えられており、落ち着いてお茶会を楽しむには居心地の良さそうな場所だった。

会場に足を踏み入れるとベイン伯爵夫人だろう女性が振り返り、すぐに近づいてきた。

「お嬢様、本日はお越しいただき、ありがとうございます……！」

「こちらこそ、お招きいただきありがとうございます。改めまして、ランドロー公爵家の長女、ヴィヴィアン・ランドローと申します」

「ベイン伯爵家当主ブルックの妻、カテリーナ・ベインと申します」

お互いに略式の礼を執《と》り、わたくしは微笑《ほほえ》んでみせた。

それにベイン伯爵夫人が不安そうな顔をする。

わたくしに問題児を押しつけてしまうと感じているのかもしれないが、こちらから申し出たことなので気にしないでほしい。

「今回はわたくしのわがままを聞いてくださって助かりました。社交界の輪を乱す者を放置しておくわけにはまいりませんから」

「私共の力及ばず、お手数をおかけいたします……」

「いいえ、ベイン伯爵夫人は何も悪くありませんわ」

問題はそれを起こした者に責任がある。

周りがどうやっても、本人がやめようと思わなければ止めようがないだろう。

……クローデットの義妹には可哀想《かわいそう》だけれど、少し恥《はじ》をかいてもらおうかしら。

ベイン伯爵夫人にテーブルまで案内してもらい、一杯だけ紅茶をいただき、それから夫人の挨拶《あいさつ》回りについていくことにした。

普段は伯爵家以上の家のお茶会にのみ参加しているが、こうして伯爵家以下の貴族達と顔を繋《つな》ぐのも案外悪くない。

「ご機嫌よう、皆様」

そして、問題の人物達がいるテーブルに着く。

丸テーブルに四脚椅子《いす》が置かれるべきなのに、そこだけ五脚置かれており、一人だけ明らかに幼い令嬢がいた。

……この子がクローデットの義妹ね。

クローデットより濃いダークブラウンの髪に緑色の瞳は美しく、幼いけれど顔立ちはとても可愛《かわい》らしい。

その隣にいる女性も同色の茶髪に緑の瞳で、母娘でよく似た顔立ちだった。見目の良さだけならば貴族の中でも上位だろう。

その令嬢と目が合った。

こちらが見ていたように、向こうもわたくしをジッと見る。

「本日は特別にランドロー公爵家の方をお招きいたしました」

「ランドロー公爵家の長女、ヴィヴィアン・ランドローと申します。皆様、どうぞよろしくお願いいたします」

普段ならばまず関わることのない公爵家と縁を繋げるかもしれないとあって、好意的な雰囲気《ふんいき》で迎えられた。

その瞬間、何故か最初にその令嬢が口を開いた。

「奴隷《どれい》を連れ歩いている令嬢ってあなたでしょ？　奴隷なんて野蛮《やばん》よ。奴隷を解放してあげて！」

ピシ、と空気が凍りついた音が聞こえた気がした。

さすがのバスチエ伯爵夫人もまずいと感じたらしい。

「プリシラ！」と令嬢の名前を鋭く呼んだ。

しかし、令嬢は母親の顔色が悪くなったことに気付いていない様子で、更に言葉を続ける。

「私は間違ったことは言ってないわ。誰だって好きで奴隷になるわけがないもの。それに、奴隷は酷《ひど》いことをされても何も言えないでしょ？　可哀想よ」

ペラペラと喋《しゃべ》る令嬢を、そのテーブルにいた夫人達も、ベイン伯爵夫人も、周りのテーブルにいた人々も、不気味なものを見るような目で見た。

言っていることは確かに間違いとは言えない。

わたくしだって奴隷制度を良いと思っているわけではないし、出来るならそんなものはなくなればいいと思っている。

だが、問題はそれを言うタイミングだった。

本来は出席出来るはずのない十四歳の令嬢がお茶会に出席し、自分より明らかに家格が上の公爵令嬢相手に名乗りもせずに一方的に意見を言う。

常識もマナーも礼儀作法も全部無視したその令嬢が、いくら正しいことを言ったところで『どの口が言うのか』といった感じである。

「あら、随分《ずいぶん》と小さなお客様がいらっしゃるようですけれど、いつから準成人の年齢が下がったのかしら？」

チラとバスチエ伯爵夫人を見れば、青い顔をしている。

……それなら最初から連れてこなければ良かったのに。

「も、申し訳ございません……娘がどうしても来たいと言うので、つい、ベイン伯爵夫人の優しさに甘えてしまい……」

「公《おおやけ》のお茶会への出席は早くても準成人を迎えてからというのが決まりでしてよ。決まりを守れない方が社交界にいては困るわ。これ以上好き勝手をすると弾かれますわよ」

「っ、はい、以後、気を付けます……」

バスチエ伯爵夫人が俯《うつむ》き、顔を赤くする。

大勢の前で家格が上とは言え、自分より若い令嬢から注意を受けるなんて恥ずかしいことである。

……これでこの令嬢は準成人までお茶会には出ないでしょうね。

いくらわがままを言っても、もうバスチエ伯爵夫人は連れてこないはずだ。今回の注意は警告でもあるのだから。

ガタリと令嬢が立ち上がる。

「お母様をいじめるのはやめてください！」

それに溜め息が漏《も》れてしまう。

「注意をしただけですわ。決まりを守れない方に注意をして、決まりを守っていただくのは当然のことでしょう？　そもそも、あなたのお母様が注意をされた原因はあなたなのよ？」

「え？」

「貴族の子息令嬢が正式なお茶会に参加出来るのは十五歳の準成人を迎えてから。夜会への出席は十六歳のデビュタントを迎えてから。そういう決まりがあるのよ。それを破れば、最悪、どこの家からも嫌われるわ。マナー以前に常識があるかどうかの問題ですもの。常識がなければ嫌がられますわ」

キョトンとする令嬢からして、嫌な予感がする。

……本当に貴族教育を受けていないのでは？

貴族令嬢が貴族の常識や礼儀作法《れいぎさほう》を学ぶのは当たり前のことで、家がそれを怠《おこた》ったのであれば、受けるべき教育を受けさせないというのは虐待《ぎゃくたい》のようなものだ。

バスチエ伯爵夫人に目を向ければ、夫人が俯く。

「そ、その、娘は貴族になったばかりでまだ教育途中でして……」

「そんな幼い令嬢を公の場に連れてきたのですか？」

つい厳しい口調になり、夫人がますます身を縮こませる。

第一、この令嬢は伯爵家に入ってもう一年以上は経つのだから、基本的な常識や礼儀作法が出来ていないのはおかしい。

「私を無視しないで!!」

令嬢がテーブルを叩きながら大きな声を上げたので、周りの人々がギョッとする。

貴族の令嬢がこんな大声を上げること自体ありえない。

無視されて腹立たしいにしても、テーブルを叩いて大声を上げて注意を引こうとするなんて、まるで癇癪《かんしゃく》を起こした小さな子供のようだ。

「机を叩くことも、大声を上げることも非常識ですわよ」

「あなたが私を無視するからでしょ!?」

「未成年でまだ子供のあなたに注意をしても意味がないから、保護者であるバスチエ伯爵夫人とお話ししているの。現に、あなたはこうして騒いで話にならないじゃない」

ぐ、と令嬢が不満そうな顔でわたくしを睨《にら》む。

……困った子ね。

相変わらず名乗る気配もなく、謝ることもなく、騒ぎを起こして家格が上の令嬢に食ってかかって。

これではデビュタントを迎えても結婚出来なくなる。

横のバスチエ伯爵夫人は今にも気絶してしまいそうだ。

「公爵令嬢だからって誰もがあなたの言うことを聞くわけじゃないわ。私は悪には屈しないの」

「まあ、わたくしが悪ですか?」

「そうよ。だって奴隷を買って、酷いことをしているんでしょ? 噂《うわさ》で聞いたわ。同じ人間なのに、暴力を振るうなんて信じられない!」

一体どのような噂を聞いたのか。

そこまで考えて、ふと、既視感《きしかん》を覚える。

……あら? これって原作でクローデットがバーンズ伯爵夫人に『奴隷は非人道的だ』と言った

ところに似ているわね？

ついい、まじまじと令嬢を見た。

「わたくし、奴隷に暴力を振るってなどいませんわ。互いが了承した上で奴隷と主人という立場でいて、使用人として働いている以上はその生活も使用人と同等よ」

「じゃあどうして奴隷のままなのよ！　使用人と同じなら、解放して、使用人にすればいいじゃない！」

……なんだか頭が痛くなってくるわ……。

一を説明しても、その一に対して納得しないし、それ以上を考えようともしていないのが伝わってくる。

「奴隷は主人の所有物よ。元奴隷というのは使用人になっても他の人から酷い扱いを受けるかもしれないわ。でも、奴隷でいれば、少なくとも公爵令嬢であるわたくしの所有物であり、誰かが安易に傷つけられるようなものではない。奴隷でいたほうがいいこともあるのよ」

「そんなの嘘よ！　絶対、奴隷じゃないほうがいいはず！」

令嬢の目がわたくしの周りをキョロキョロと動き、周囲を見回した後に「あれ？」と小首を傾《かし》げた。

その思考が手に取るように分かった。

「わたくしの奴隷でしたら、故郷に帰らなければならないことがあって、今は帰郷中ですわ。本当にわたくしが酷い主人なら、そのようなことは許可しないでしょう?」

「っ、そう言って家に閉じ込めているんでしょ!?」

何を言ってもわたくしの言葉を信じる気はないようだ。

「とにかく、奴隷は今は帰郷中でいないわ」

「嘘! 嘘!! 奴隷なんて間違ってるわ!!」

また癇癪を起こした子供みたいに騒ぎ出す。

それについに怒ったのはベイン伯爵夫人だった。

「バスチエ伯爵夫人、ご令嬢を連れてお帰りください。ここは楽しくお茶会をする場であって、子供を好き放題に遊ばせる場所ではありませんわ」

周囲の夫人や令嬢の冷たい視線に晒《さら》され、バスチエ伯爵夫人は小さな声で「申し訳ありません……」と言い、まだ騒いでいる娘を引っ張って会場を出ていった。

「なんでよ! 悪役令嬢のくせに!!」

その言葉にハッとする。

けれども、令嬢は既にもう会場から出ていった後で、他の人々は不可解そうな表情をしていた。

……今、悪役令嬢って……。

わたくしのことをそう呼べるのは『クローデット』で王太子かお兄様のルートを選んで遊んだことがある者だけだ。

……もしかして、あの子も記憶があるの？

「ヴィヴィアン様、申し訳ございません……」

ベイン伯爵夫人の声に我に返る。

「いいえ、大丈夫ですわ。それより、騒がしい方々もお帰りになられたことですし、お茶会を楽しみましょう？」

「ええ、そうですね、そうしましょう」

それから、お茶会は問題なく終わった。

だが、帰りの馬車の中でわたくしはずっと考えていた。

……もしもあの子もゲームの記憶があるのだとしたら、もしかして、主人公《クローデット》の立ち位置を奪おうとしているのかしら？

本来は父親に愛される伯爵家の一人娘だったクローデット。

しかし、今は義妹のあの令嬢が父親の愛情を受けている。

クローデットに付き纏《まと》っていたのも、どこかで攻略対象に会うかもしれないからと考えれば納得がいく。

……なんだか色々なことが原作と変わってしまっているわ。

もはや原作の知識など意味はないだろう。

「こういう時、リーヴァイがいてくれたら良かったのに」

そうすれば、あの令嬢についても相談出来ただろう。

……あの令嬢はしばらく要注意ね。

お母様とお兄様にも報告をしておいたほうがいい。

もしお母様とお兄様が魔族だと知っていて、わたくしのことも魔人だと分かっているなら、油断は出来ない。

「あまり会わないほうがいいかしら？」

身分的にも恐らく、会うことは滅多《めった》にないとは思うが。

……困ったことになったわね。

＊　＊　＊　＊　＊

今日はついにデビュタントの日だ。

そして同時に王太子との婚約発表の日でもある。

わたくしは、真っ白なドレスに身を包み、お父様、お母様、そしてお兄様と馬車で王城へ向かう。

……婚約と言っても仮初《かりそ》めだもの。

何かを感じることはない。

「本当に王太子殿下と婚約して後悔《こうかい》しないか？　しかも、婚約破棄《はき》ともなれば、もはや貴族の令嬢として良い縁談は望めなくなる」

「承知しておりますわ、お父様。わたくしはわたくしの道を歩むために、殿下と取り引きをいたしましたもの。殿下との約束を破るわけにはまいりませんわ」

それでも言い募《つの》ろうとするお父様に、お母様が微笑《ほほえ》む。

「この子ならきっと大丈夫ですわ。親として、子の幸せを願って見守ってあげましょう？」

「……分かった。好きにしなさい」

お父様が困ったように微笑み、頷《うなず》いた。

「ありがとうございます、お父様、お母様」

横にいるお兄様が「良かったね」と微笑んだ。

そうして馬車が王城へ到着し、案内を受けて夜会の会場である舞踏の間に通された。

既に大半の貴族は揃っており、公爵家のわたくし達は立場的にもほぼ最後に入場するのが常である。

入場のエスコートはお兄様がしてくれた。

お父様とお母様が入場するとすぐさま挨拶《あいさつ》をしに人々が集まり、わたくしとお兄様は少し離れたところに下がってそれを眺める。

……お兄様に声をかけたがっている人も多いけれど。

特にご令嬢達はうっとりした眼差《まなざ》しでお兄様を遠巻きに見つめている。

しかし、お兄様はあまり女性付き合いがないため、声をかけられるご令嬢がいないのだろう。

目が合うとお兄様がニコリと微笑んだ。

「ヴィヴィアンは夜会は初めてだよね。大丈夫？　緊張していないかい？　もし具合が悪くなったら僕に言うんだよ」

「大丈夫です、お兄様。緊張はしておりませんわ」

そうしていると王族の方々が入場する時間となった。

両陛下と王太子が舞踏の間へ入り、王族の席に着く。

「皆、よく集まってくれた。今宵《こよい》は十六歳を迎えたご令嬢達の華々しいデビュタントに相応《ふさわ》しく、良い夜であり――……」

国王陛下が挨拶を述べている間、王太子と目が合う。

しかし、すぐに視線が逸《そ》らされた。

陛下の挨拶が済むと、まずは今回デビュタントに参加する令嬢や令息達が舞踏の間の中心に進み出る。

わたくしもそれに交じり、全員で王族の席へ向かって礼を執《と》った。

それから、それぞれの令嬢や令息のデビュタントの相手役が進み出てくる。わたくしの相手はお兄様である。

互いに礼を執って手を取り合い、曲が始まった。

お兄様とは何度も踊ったことがあるので慣れていた。

「今日のヴィヴィアンはとても可愛《かわい》いね」

踊りながらお兄様に褒《ほ》められて、わたくしは微笑んだ。

「あら、普段のわたくしは可愛くございませんの？」

「いいや、可愛いよ。でも今の君は普段よりもずっと可愛い。純白のドレスがとても似合っている。他の令嬢達が霞《かす》んでしまいそうだ」

「ふふ、ありがとうございます」

お兄様との関係は以前よりも良くなった。

わたくしに興味がなかった頃は「似合っているよ」とは言うけれど、こんなふうに「可愛い」とは言ってくれなかった。

もし言ってくれたとしても取り繕《つくろ》う時か、わたくしが不機嫌になった時に宥《なだ》めるためくらいだ。

そうして一曲踊り終えると、もう一度王族の席に礼を執る。

陛下が頷き、そして貴族達を眺めた。

「実は、皆に一つ報告がある。我が息子エドワードは婚約することとなった。相手はランドロー公爵家のヴィヴィアン嬢だ」

王太子が王族の席から下りてきたので、わたくしも進み出て、迎えに来てくれた王太子の手を取った。

ただし、王太子は無表情のままである。

わたくしも微笑んではいるけれど、口元だけだ。

騒めきが広がる中、階段を上がり、皆を見る。

「今宵は王太子の婚約発表も兼ねている。この二人の良き未来を皆も祝い、心ゆくまで楽しんでいってもらいたい」

わたくし達が礼を執ると拍手が広がった。

だが、令嬢達の中には不満そうな様子の者もいるようだ。

それも当たり前だろう。

デビュタントで王太子の目に留まるかもしれないという夢が、まさか最初から叶わないものだったとは誰も思わないもの。

娘を次期王妃にして、王族との繋《つな》がりや地位を得たいと考えていた貴族達にとっても面白くはないだろう。

階段を下りて、舞踏の間の中心に王太子と進み出る。

そして、曲が流れ、わたくし達は踊ることとなった。

……ダンスは上手《じょうず》なようね。

しかし、こちらと目線を合わせようとはしない。

……それでいいのよ。

王太子と婚約者は不仲なのではないか。

そういう疑惑を持たせるために、あえてお互いに冷たい態度を取ることにしているのだ。

ダンスを二曲踊り、礼を執って、わたくしはお兄様に返される。

まだ王族への挨拶が残っているため、一旦、王太子とは別れる必要があった。

周囲から感じる視線を無視しつつ、お兄様と共にお父様とお母様のところへ戻れば、お母様に抱き寄せられた。

「とても素敵なダンスだったわ。さすが私達《わたくし》の娘ね」

少し休憩《きゅうけい》し、それから王族の席に向かう。

四大公爵家の中でも、我がランドロー公爵家は最も地位が高く、最初に王族へ挨拶に行くのは常にわたくし達となる。

お兄様にエスコートをしてもらいながら進み、両陛下の前で膝をついて最上級の礼を執る。

お父様が陛下にご挨拶の口上《こうじょう》を述べ、陛下が満足そうに頷く。

陛下はお父様だけでなく、お兄様にも声をかけていて、次期公爵家当主となるお兄様にも目をかけているのが分かった。

「ヴィヴィアン嬢、息子をよろしく頼んだぞ」

よほど機嫌が良いのか、陛下はわたくしにも声をかけた。

わたくしはそれに深く頭を下げることで返事をした。

……あなた方の思い通りにはなれませんけれど。

王太子とその想い人との仲くらいは取り持ってあげるわ。

挨拶を済ませて階下に戻れば、人々に取り囲まれる。

大半はお父様とお母様の知り合いの貴族で、わたくしとは関わりのない方々で、娘や息子の紹介というふうに話しかけてくるけれど、本当のところはわたくしと王太子の婚約について聞きたいのだろう。

人によっては、王太子の婚約者と自分達の子が親しくなったらと考えている者もいるかもしれない。

「皆様、初めまして、ランドロー公爵家の長女ヴィヴィアン・ランドローと申します。まだデビュタントしたばかりですが、これからよろしくお願いいたします。皆様には色々と社交界について教えていただけたら幸いですわ」

これでも公爵家の令嬢である。

出来る限り美しい所作《しょさ》で礼を執れば、貴族達は見惚《みと》れ、ニコリと微笑めば令息達が頬《ほお》を染めた。

……さすが悪役令嬢、わたくし、見た目は美しいのよね。

お母様似だからというのもあるだろうけれど。

お母様は社交界でも有名な美しさで、お母様似のお兄様もわたくしも、人々から見れば美しい容姿に感じるはずだ。

お父様とお母様が貴族達と話している間、わたくしとお兄様も令嬢や令息達に囲まれて話をする。

「王太子殿下とのご婚約、おめでとうございます」

「ランドロー公爵令嬢が王太子殿下と並ぶ姿はまるで絵画のようで、溜め息が漏《も》れてしまうほどでしたわ」

「令嬢のような方と婚約出来る王太子殿下が羨《うらや》ましいです」

半分以上は王太子の婚約者となったわたくし、もしくは次期公爵家当主のお兄様と繋がりを得たいという者達だった。

残りは話を聞きつつも、参加はせずに様子を窺《うかが》ったり、不満そうにわたくしを遠巻きに眺めていたりといった様子である。

けれども、令嬢達はお兄様が微笑むと見惚れていたので、王太子に思いを寄せているわけではないのかもしれない。

「……ランドロー公爵令嬢ってあの『奴隷《どれい》狂い』でしょ？」

と、どこかの令嬢の声が随分《ずいぶん》と大きく響いた。

空気がシンと静まり、冷え切った。

横にいたお兄様が微笑んだ。冷たい笑みだった。

「今、妹を愚弄《ぐろう》したのは誰かな？」

全員が互いに顔を見合わせ、黙ってしまい、場の空気が悪化していくのを感じて慌ててお兄様の腕を軽く叩いた。

「どなたかは存じませんが、ご心配していただきありがとうございます。わたくしも殿下のおそばに立つ者として、恥じないよう努力いたしますわ」

「ヴィヴィアン、いいのかい？」

「構いませんわ。その程度で傷つくほど子供ではありませんもの」

それに、面と向かって言えないような人間の言葉など、わたくしには全《まった》く響かない。

わたくしが普通にしていれば、お兄様も柔らかく微笑む。

空気が和《やわ》らぎ、周囲の子息令嬢達がホッとしたのが伝わってきた。

「でも、先ほどの方はきっと政略の意味をご存じないのね。わたくしは陛下のご下命で殿下と婚約いたしましたのに、それに異を唱えるなんてわたくしには出来ませんわ」

国王の決めたことに反対するなんて何様なのかしら。

それを考えなく口に出してしまう令嬢とは、お近づきになりたくなる者はいないだろう。

わたくしは言った者が誰かは知らないけれど、きっと、これから苦労するでしょうね。

周りで聞いていた者はいるはずだ。

そういった者達から噂《うわさ》が広がることもある。

お兄様も気付いた様子で微笑んでいた。

その後は何事もなく子息令嬢達と話していると、挨拶《あいさつ》が終わったようで、王太子がやって来た。

「ランドロー公爵令嬢」

お兄様と共に礼を執《と》る。

「殿下」

「良い、楽にしてくれ」

姿勢を戻せば、無表情の殿下がそこにいた。

わたくしも口元だけ微笑んでいるけれど、お兄様にエスコートをしてもらっているままで、明らかに微妙な雰囲気《ふんいき》が漂っている。

あくまでわたくし達の婚約は政略であると分かるだろう。

「良ければ、もう一度踊っても？」

「ええ、喜んで」

差し出された王太子の手を取り、お兄様から離れる。

恐らく、陛下から『婚約者として仲を深めるように』とかなんとか言われたのだろう。

不服ですと言わんばかりの様子だったが、わたくしは構わず促されて王太子ともう一度踊ることにした。

「……すまない」

踊っていると王太子が謝罪をしてきた。

お互いに決めたことなのに、態度の悪さについて、やはり色々と思うところはあるらしい。

原作ではエドワードはヴィヴィアンを嫌っていたが、今の王太子はわたくしに対してそういった感情はないようだ。

代わりに罪悪感を覚えているふうに見えた。

「謝罪は不要ですわ。話し合って決めたことですもの」

「だが、私のせいで君はこれからつらい目に遭《あ》う」

「まあ、お気遣いありがとうございます。ですが、その辺の貴族が何を言おうともお喋《しゃべ》りな鳥達の囀《さえず》りに過ぎませんわ」

「……君は強いな……」

どこか羨ましげに言われ、小首を傾《かし》げる。

「殿下だってこの国の王太子ではございませんか」

わたくしよりも地位が上だ。両陛下の次に権力もある。

制限も多いだろうけれど、その言葉を無視出来る者はいない。

「それに本気で想い人と結ばれたいのであれば、公爵令嬢《わたくし》を利用するくらいの覚悟は決めてくださいませ。両陛下から反対された時、彼女を守ることが出来るのは殿下だけなのですから」

わたくしの言葉に王太子がハッとした顔をする。

それから、困ったように僅《わず》かに眉《まゆ》を下げた。

「そうか。……そうだな」

「ええ、そうですわ」

わたくしと王太子は国王の決定に従うふりをするだけ。

最悪、叛意《はんい》ありと判断されて立場を失うかもしれない。

「それでも、彼女がよろしいのでしょう？」

わたくしの問いに殿下が覚悟を決めた様子で頷《うなず》く。

「ああ、私は彼女がいい」

「そのお言葉と御心を忘れないでくださいませ」

ダンスを終え、わたくしと王太子が戻ると、お兄様のそばにはお父様とお母様もいた。

王太子は改めてお父様達と挨拶をし、しばし話をした。

それから王太子は、お兄様にわたくしを返すと王族の席へ戻っていく。

名残《なごり》惜しげな様子どころか、さっさと離れたいといった王太子に周囲がわたくしと王太子の関係についてヒソヒソと囁《ささや》き合っている。

お父様とお兄様が男性同士で話をしに行ったので、わたくしはお母様についていき、社交に力を入れることにした。

一応、王太子の婚約者としての責務は果たさなければ。

社交界で有力なお母様なので、同じく社交界で力のある方々とも縁が深く、色々な方々と話せて意外にも楽しい時間を過ごすことが出来た。

その中にはガネル公爵家のジュリアナ様もいて、ジュリアナ様もわたくしを可愛《かわい》がってくれているので、少なくとも夫人達から受け入れられないということはなかった。

初めての夜会はあっさりと終わり、帰路につく。

……明日から忙しくなるわね。

これからは王太子の婚約者として、王太子妃教育を受けるために王城に通い、社交を行い、盤石《ばんじやく》な地位を確立せねばならない。

……寂しい、なんて思っている暇はなさそう。

リーヴァイがいなくなってから寂しかったけれど、王太子妃教育と社交、王太子とクローデットの仲介人《ちゆうかいにん》、そしてクローデットに王太子妃教育をこっそり教えていく必要もある。

この一年が最も忙しい年となるだろう。

「お父様、お母様、お兄様、わたくし頑張りますわ」

全てはわたくしの計画のために。

原作通りになりたくないと最初は思ったけれど、原作通りに婚約破棄《はき》されてみせますわ。

＊　＊　＊　＊　＊

王太子との婚約発表から三月《みつき》。

わたくしは王城と公爵邸とを行き来しながら、忙しい日々を過ごしていた。

王族としての立ち居振る舞い、政務や王家の歴史についての勉強、社交、そして両陛下や王太子との付き合い。

両陛下はわたくしを快《こころよ》く迎えてくれる。

だが、王太子との週に一度程度のお茶会は冷え切ったものだった。

わたくしも王太子も必要最低限のことしか話さず、ニコリともせず、お茶を飲み終えるとお互いにあっさりとお茶会を終える。

そのことで両陛下は気を揉《も》んでいるようではあったが、王太子のほうがわたくしを嫌っていると思っていて、わたくしにはいつも良くしてくださっている。

それについては少し罪悪感はあるが、だからといって、本当に王太子と結婚するつもりはない。

週の半分は王城に通い、残りの半分は社交に出かけたり、家で学んだことの復習をしつつクローデット様に教えたり、のんびりと過ごす時間はなかった。

体力的には少々つらいけれど仕方がない。

ようやく出来た休日にアンジュを招けば心配された。

「ヴィヴィアン、ちょっと痩《や》せた……？　大丈夫？　王太子妃教育、やっぱり大変じゃあ……」

確かに、少し痩せたかもしれない。

しかしそれは運動量が増え、お茶の時間が減ったからだ。

「心配してくれてありがとう、アンジュ」

「クローデット様にもこっそり教えているんでしょ？　王城にも通って、社交もして、休む時間はちゃんとある……？」

「睡眠時間は削《けず》っていないから大丈夫よ」

王族としての立ち居振る舞いは公爵家の教育とさほど変わらず、それはすぐに終わったし、王家の歴史も面白いし、政務について学ぶのも意外と興味深い。

クローデットに教えることと王太子とのお茶会は、むしろ良い休憩《きゅうけい》時間である。

……それにクローデット様って優秀なのよね。

さすがヒロインと思ってしまった。

わたくしが教えたことをすぐに覚え、実践《じっせん》し、何度も復習して学んでいるようで、このまま教育を進めていけば、公爵令嬢と言われても納得してしまいそうなほど美しい所作《しょさ》や知識を身につけられるだろう。

そうなれば王太子の相手として欠点は爵位のみになる。

……爵位なんてどうとでもなるもの。

もし計画が上手《うま》くいき、クローデットが王太子の婚約者となれば、ランドロー公爵家の養女にしても良いという話も出ている。

これは『聖女』を手中に収めるという目的もある。

まだ聖印は現れていないが、クローデットが聖女となった後にいつ敵対関係になるか分からない。

それならいっそ、引き込んで監視したほうがいい。

聖女となったクローデットが関わりを持てば、教会の動きもこちらに聞こえるようになる。

王太子にも恩が売れるので欠点は少ない。

「アンジュとクローデット様も、最近、お茶会に参加するようになったでしょう？　どう？　楽しくやれているかしら？」

「うん、私もクローデット様も社交は頑張ってるよ。特にクローデット様は色々な方と話しているみたい」

「そう、いいことだわ。いずれ王太子妃になるのなら、少しでも多くの貴族と顔を繋《つな》いでおくのは重要なことだもの。アンジュも頑張っていて偉いわ」

人見知りのアンジュが社交に力を入れるのは大変だろう。

それでも、穏やかで優しいアンジュはきっと誰とでも仲良くなれるから、成人してもすぐに社交界で力を持つこととなるはずだ。

やがて王太子にクローデット様が選ばれた時、公爵家のアンジュとわたくしがそばについて守る可能性もある。

さすがに四大公爵家のうちの二家を敵に回す愚か者はいない。

よしよしとアンジュの頭を撫《な》でれば、嬉しそうにアンジュが笑う。

いつまでも子供扱いは良くないのだろうが、当の本人が「頭を撫でてほしいな……」と言うのだ。

アンジュは婚約者のギルバートとの仲も良好なようで、たまに婚約者について話す様子は楽しそうだった。

……あとは馬車の事故がなければ……。

原作が始まる前に事故が起こるのは知っているけれど、それがいつ起こるかは分からない。

原作通りになってほしくないし、親友を失いたくもない。

「そういえば、クローデット様の妹――……プリシラ様のお話を最近は聞かなくなったけれど、どうなったのかしら？」

わたくしが注意をしたあのお茶会以降、クローデットの義妹だというプリシラについての話は聞いていない。

クローデットも妹に関して思うところがあるらしく、自ら進んで話したい雰囲気《ふんいき》もなかった。

「ヴィヴィアンが注意したお茶会があったでしょ？　あの後、プリシラ様とバスチエ伯爵夫人は周りの夫人達から距離を置かれてしまって、あまり社交が出来ていないみたい。それでバスチエ伯爵が叱責《しっせき》したって話もあったけど、本当かは分からないの」

……まあ、それもそうよね。

礼儀作法《れいぎさほう》も出来ていない令嬢と娘可愛さに規則を無視する夫人なんて、他の貴族の夫人達からしたら近づきたくないだろう。

社交界から爪弾《つまはじ》きにされても不思議はない。

「ただ、プリシラ様はそれ以降バスチエ伯爵夫人やクローデット様にくっついて勝手にお茶会へ参加することはなくなったみたい」

「そう。……成人になるまでにきちんと貴族の礼儀作法を学んで、淑女《しゅくじょ》になってくださると良いのだけれど」

「無理だと思う」

アンジュにしては珍しくハッキリとした物言いだった。

驚いて見れば、アンジュが怒ったように眉根《まゆね》を寄せ、持っているティーカップを見下ろしていた。

何か、躊躇《ためら》っているような様子でもあった。

「アンジュ、どうしたの？　何かあったの？」

そう声をかければ、アンジュが顔を上げた。

「……その、私が聞いた噂《うわさばなし》話だけど、ヴィヴィアンにあんまり聞かせたくなくて……」

「『奴隷《どれい》狂い』のこと？」

「それもあるけど、それだけじゃなくて……」

アンジュはわたくしの噂話をわたくしに聞かせたくないと言う。

でも、わたくしのことならば知っておくべきだろう。

「気遣ってくれてありがとう。出来れば知りたいわ。いきなり誰かに言われるより、噂を知っておけば、何を言われても揺らがずにいられるでしょう？　そもそも、わたくしは噂話程度で傷付くほど柔《やわ》ではありませんわ」

「ね？」と促せば、アンジュは噂話について教えてくれた。

ランドロー公爵令嬢は奴隷狂いである、という噂は元よりあったが、リーヴァイの里帰りという話は勘違いされたらしい。

あの奴隷に飽《あ》きて捨てて新しい奴隷を購入しただとか、他人に見せたくなくて屋敷に閉じ込めているだとか。

奴隷とふしだらな行為をしておきながら、王太子と婚約するのは王家を侮蔑《ぶべつ》しているのではという話もあったそうだ。

そこに加えて王太子とわたくしの不仲さが、余計にその噂に信憑性《しんぴょうせい》を持たせてしまっているようだ。

……まあ、当たらずとも遠からずってところね。

リーヴァイとは主人と使用人以上の関係はないものの、わたくしは彼を愛しているし、王太子と結婚する気もない。

王族を軽視していると言われても否定は出来ない。

「王太子殿下と結婚後に、ヴィヴィアンが侍従《じじゅう》の彼を愛人としてそばに置くんじゃないかって噂もあって……」

アンジュにはわたくし達の計画を説明してある。

だから、王太子とわたくしの利害関係も知っているし、わたくし達が結婚しないことも理解していて、わたくしの心がリーヴァイにあることも分かっている。

「いいのよ。実際、わたくしは王太子と婚約しておきながら、別の男性に思いを寄せているもの。もし殿下と結婚することになってしまっても、わたくしも殿下も、きっとお互いに側妃《そくひ》や愛人を持って仮面夫婦になるでしょうし」

「それは……ヴィヴィアンはつらくないの？」

「愛する人がそばにいてくれるなら、それだけで十分よ」

わたくしと王太子の間にあえて子を作らず、クローデットを側妃に迎えて二人の間に子が出来れば、その子が次代の王となる。

元より王太子との間にそういった感情は一切ないので、たとえ結婚することになったとしても、わたくしも王太子も割り切ることは出来ないだろう。

お互い、既に唯一と思える相手を見つけてしまった。

貴族としては義務を果たさない役立たずと後ろ指を差されるかもしれないが、それでも構わない。王妃として不適合だと言われれば喜んでその座を譲《ゆず》る。

「いつも思うけど、ヴィヴィアンは凄《すご》いなあ……」

アンジュが感嘆《かんたん》の溜め息らしきものを吐く。

「それに、そんな噂を囁《ささや》いている者はすぐに社交界で爪弾きにされるわ。陛下のお決めになった婚約者を、ランドロー公爵家の令嬢を悪《あ》し様に言っていればどうなるか」

「そ、そうだね、国王陛下の機嫌を損《そこ》ねるし、ランドロー公爵家も敵に回すなんて、潰してくださいって言っているようなものだよね」

「どうせ、わたくしが手を下さなくても自滅するわ」

わざわざ、わたくしが動く必要もない。

アンジュが「あ、でも……」と困ったような顔をする。

「その噂を囁いている人の中にプリシラ様も交じっているみたいなの」

はあ、と思わず溜め息が漏《も》れてしまう。

「まだお茶会には参加していないのよね？」

「うん、同年代の伯爵家やそれ以下のご令嬢達と手紙のやり取りをしていて、噂を広めて回っているんだって。でも、他のご令嬢が話に乗ると『悪口は良くないわ！』ってヴィヴィアンを庇《かば》うんだとか……」

「何がしたいのかしら？」

わたくしの悪い噂を広めつつ、庇う意味が分からない。

噂を広めて貶《おとし》めようとするのであれば、前回のお茶会の仕返しになるのだけれど、プリシラに庇われる理由がない。

……クローデット様に何か言われたのかしら？

けれども、そうだとしたらクローデットは友人の悪評を広めようとする妹を強く注意するだろう。

「バスチエ伯爵夫妻はそれを知っているの？」

「夫人はどうか知らないけど、伯爵は知らないいんじゃないかな……。知っていたらすぐにやめさせると思うよ」

「それもそうね」

伯爵家が公爵家、それも国で最も王家に近い家を敵に回したがるはずがない。

クローデットとわたくしの交友関係を歓迎しているくらいだから、どちらかといえば公爵家と縁を繋《つな》ぎたがっているのだろう。そのうち貴族派になるかもしれない。

「まあ、プリシラ様については要注意というところかしら」

「気になるの？」

「ええ、プリシラ様が陛下の機嫌を損ねてバスチエ伯爵家に悪感情を持たれると、クローデット様が被害を受けるわ」

「確かにそうだね」

わたくしと王太子の婚約に異議ありと思われ、バスチエ伯爵家が厭《いと》われてしまうと、その後にクローデットが紹介された時に受け入れられないかもしれない。

あの伯爵家ではクローデットは別枠《べつわく》的な存在だが、外から見れば、同じバスチエ伯爵家の者である。

「みんなに噂を広めないように働きかけてはいるけど、お喋《しゃべ》り好きな人はいるから……」

「お喋りスズメがなかなか鳴き止まないようなら、わたくしに教えてちょうだい。こちらから圧をかけるわ」

「それもまた噂にするかもしれないよ……？」

「構わないわ。格上の家を馬鹿にするとどうなるか、身をもって知ることになるだけよ。周囲も呆《あき》れて静観するでしょう」

少なくとも、止めに入れるほどの家は同格の公爵家くらいのものだが、アンジュもジュリアナ様も止めはしないだろう。

他の公爵家も、一方は夫人を早くに亡くしているので社交にあまり興味がない生真面目《きまじめ》な家で、もう一方もそういった他家の醜聞《しゅうぶん》に我関せずな、やや閉鎖的な家なので問題はない。

同じ公爵家でも、わたくしはどちらも交流がほぼない。

「プリシラ様がわたくしの噂を広げているのを、誰か他の者を経由して止めることは可能かしら？」

「うん、何人か止めてくれそうな人の当てはあるよ」

「ではお願い出来る？」

「分かった……！　絶対にやめさせるね……！」

わたくしでは権力で押さえつける形になってしまうけれど、アンジュは優しくて性格も良いから か、周りの令嬢達もアンジュの言葉は素直に受け取ってくれるはず。

きっと噂は長引かないだろう。

「ありがとう。でも、アンジュの立場が悪くならないように気を付けてね。わたくしの親友はあなただけよ。アンジュには傷付いてほしくないわ」

アンジュが嬉しそうに笑う。

「大丈夫、ヴィヴィアンのために頑張るね……！」

わたくしに友人は何人かいるけれど、心からこうしてわたくしを思ってくれる者はどれほどいるのだろう。

だからこそ親友《アンジュ》が大切で、大好きで。

アンジュの頭を撫《な》でてあげながら、わたくしも微笑《ほほえ》んだ。

＊　＊　＊　＊

「お帰り、ヴィヴィアン。良ければお茶でもどうかな？」

王城から戻るとお兄様に出迎えられた。

夕食まではまだ時間があり、この後の予定は何もない。

「ええ、構いませんわ」

「それじゃあ、僕の部屋においで」

差し出されたお兄様の手を取り、エスコートをしてもらう。どうやら、とても機嫌が良いみたい。

お兄様の部屋に招かれるのは珍しい。

これまで何度かお兄様の部屋を訪れたことはあったけれど、いつもは扉の前までで、中まで入ったことはない。

到着し、お兄様が扉を開けてくれる。

部屋はわたくしの華やかなものとは異なり、落ち着いた雰囲気《ふんいき》で、しかし調度品《ちょうどひん》などはどれも高価そうなものばかりである。

テーブルには既にお茶の用意がされていた。

しかも、テーブルの上に並んだお菓子はわたくしの好きなものばかりだった。

「どうぞ、お姫様」

お兄様が引いてくれた椅子《いす》に腰掛ける。

お兄様はわたくしの向かいにある席に座り、軽く手を振ると、後ろで控えていた使用人が紅茶をティーカップに注ぎ、二人分を用意した。

……あら、この香りは……。

「今日は特別なことでもありましたの？」

わたくしの好きな茶葉だった。

だが、これは他国でしか育てられない特別なもので、手に入れるのも大変なので、とても高価な茶葉だ。

お兄様はテーブルに頬杖《ほおづえ》をついて微笑む。

「いいや、何もないよ」

「でも、この紅茶は誕生日にしか出ないものですわ」

「高価だからね。だけど、ヴィヴィアンは最近頑張っているだろう？　少しくらいはご褒美《ほうび》があってもいいと思って」

……まあ、わたくしとしては嬉しいですけれど。

一口紅茶を飲めば、果物のように甘く芳醇《ほうじゅん》な香りが広がった。酸味と少しの渋味が丁度《ちょうど》良い。

普段は砂糖を入れるけれど、これだけはそのまま飲むのが好きで、何度飲んでもこの香りにうっとりしてしまう。

「美味《おい》しいかい？」

「ええ、とっても」

貴族ですら滅多《めった》に飲めない特別な茶葉である。

じっくりと余韻《よいん》を味わっているとお兄様も紅茶を飲んだ。

お兄様は紅茶に興味がないようで、何を飲んでも表情を変えないし、食べ物についてももしかしたら似たような感じなのかもしれない。

それから、お兄様はティーカップをテーブルへ戻すと、取り皿にいくつかのお菓子を取り分け、わたくしの前へ置いた。

「実は、その茶葉を定期的に購入出来る伝手《つて》が得られたんだ。原産国の商人と顔を繋げられてね、我が家へ優先的に販売する約束も取り付けられたよ」

「まあ、それは凄《すご》いですわ！」

希少価値のある茶葉を定期的に購入し、持つということは、それだけで社交界での強みになる。

下手《へた》をしたら一度もこの茶葉を飲んだことがない貴族だっているというのに、定期的に購入出来る伝手と財力があるともなれば、羨望《せんぼう》の眼差《まなざ》しを向けられるだろう。

「殿下との次のお茶会で持っていくといいよ」

恐らく、殿下より両陛下のほうが喜ぶだろう。

王族でも定期的に購入するのは難しかったのだ。

贈り物として渡せば喜ばれるだろうし、わたくしと王太子の不仲で少々機嫌が悪くなっているだろう両陛下のご機嫌取りにもなる。

「ありがとうございます、お兄様」

「どういたしまして」

お兄様が取り分けてくれたお菓子を食べる。

……うん、どれも美味しいわ。

お菓子を食べていれば、お兄様がわたくしを見て、手を伸ばしてきた。その手がそっとわたくしの頬に触れる。

「最近、噂話《うわさばなし》の好きな鳥が多いようだね」

「仕方ありませんわ、鳥ですもの。頭と口がそのまま繋がっているのでしょう」

「ふふ、そうかもしれないね」

わたくしの返事がおかしかったのかお兄様が笑う。

「だけど、可愛《かわい》い妹について悪評を広められるのは兄として見逃せない。あまりうるさい鳥達には少し罰を与えないとね」

しかし、お兄様は微笑んでいるけれど、目が笑っていなかった。怒っているようだ。それが嬉しかった。

以前はわたくしに関心がなかったお兄様だが、今は家族として関わりを持ってくれる。

「お好きにどうぞ。わたくしは興味ありませんので」

「……つらくないかい？」

「いいえ、全《まった》く。面と向かってわたくしに言えない時点で『負け犬の遠吠え』ですもの」

「面白い喩《たと》えだ」

頬からお兄様の手が離れていく。

「ところで、君の計画のほうは順調かな？」

「滞《とどこお》りなく進んでいますわ。クローデット様とは顔を合わせる度《たび》に『魅了』をかけて、わたくしに心酔するように仕向けております」

初めて我が家に招いてから、何度もクローデット様とは顔を合わせているが、その度にわたくしは彼女に『魅了』をかけていた。

居心地の悪い伯爵家から助けてくれた存在。

なんでも話せるお友達で、恋も応援してくれる人。

それだけではいざという時に不安があった。

だからクローデットに『魅了』をかけることにした。

聖女に『魅了』は効かないかもしれないと思ったが、予想に反し、クローデットに『魅了』はよく効いているようだ。

そのおかげもあってか、わたくしが教えたことはすぐに覚えてくれるので、王太子の婚約者になったとしても困ることはないだろう。

「聖女も所詮《しょせん》は人間ということか」

「もしかしたら、聖印が現れた時に解けてしまうかもしれませんが……」

「『魅了』は解けたとしても完全に好意が消えるわけではないんだよ。魔法で好意を刷《す》り込むうちに、それが本当になってしまうこともある。もし解けたとしても、バスチエ伯爵令嬢との友人関係は消えないさ」

それに少しだけホッとした。

魅了が解けて、クローデットの中にあるわたくしへの好意が消えてしまった時にどうなるかという心配はあった。

「何より、ヴィヴィアンがバスチエ伯爵令嬢に与えた言葉や気遣いは消えない。『魅了』というのはね、相手の中にある好意を増幅させるだけで、好意を持っていない相手には効きにくいものだ」

「それだと『魅了』をかけられる相手は限定的なのかしら？」

「いや、そうでもない。好意といっても色々あるからね。恋愛の好意以外にも『良い人』とか『美しい』とか、そういう単純な『興味』や『好ましさ』も増幅出来る。僕達吸血鬼の容姿が美しいのは『魅了』をかけやすくするためでもある」

「お母様やお兄様は『魅了』を使わなくても、十分、相手に好意を抱かせる容姿ですものね」

お母様が本気を出せば、すぐさま社交界の中心になれるだろう。

それをしないのは王妃様と対立しないためか。

「お兄様はどなたかと結婚なさらないのですか？」

もし王家に姫がいたら、お兄様と婚約しただろう。

残念ながら王太子しかいないので、妹のわたくしが婚約することとなってしまったが。

わたくしの問いにお兄様が嫌そうな顔をする。

「大きな利益があるなら考えるけれど、そもそも僕は人間に興味がないし、人間と結婚して子を残す気もない」

「魔人のわたくしにも興味がなかったくらいですものね」

「それについては悪かったよ……」

困り顔をするお兄様にわたくしは笑ってしまった。

「今は、きちんとわたくしを妹として扱ってくださっていると分かっておりますわ」

この世界について記憶を取り戻す前のお兄様は、いつも微笑《ほほえ》みかけてくれるけれど冷たい眼差しだった。わたくしもそれを感じていたからこそ、お兄様に愛されたくて、関心を引きたくて、まとわりついていた。

そこまで考えてふと疑問が湧く。

「お兄様はお父様のことをどう思っていらっしゃるの？」

「母上の下僕」

お兄様が迷いなく即答するのでギョッとした。

けれども、確かにその通りである。

お父様は『魅了』でお母様の虜《とりこ》になっている。

「母上の凄いところは、本人の自我をしっかりと残しながらも自分への好意を完璧《かんぺき》に刷り込んでいる点だ。あれほど強い『魅了』をかけると自我が消えてしまうこともあるんだけどね」

「でも、お兄様も出来るのでしょう？」

「もちろん、母上が出来ることは大体僕も出来るよ」

お兄様がニコリと微笑む。

「わたくしに『魅了』をかけて静かにさせることも出来たのではなくって？」

「いや、ヴィヴィアンは母上のお気に入りだったから――……」

と言いかけてお兄様が言葉を止めた。

そして唐突《とうとつ》に、あはは、と笑い出す。

「お兄様？　どうかなさいましたの？」

小首を傾《かし》げれば、お兄様がおかしそうに笑いながら教えてくれた。

「僕は母上の分身みたいなものだ。母上が気に入るものは、僕も気に入っても不思議はないと思ってね」

「ではお父様のことも気に入っていらっしゃるの？」

「人間だけど、学ぶべきところはあると思っているよ」

気に入るのとは違うらしい。

……まあ、お父様はお兄様にも甘いのよね。

お父様はああ見えて家族を大事にする人だし、溺愛《できあい》しているお母様に似たお兄様とわたくしのことも、大切に思って愛してくれる。

お兄様はそういう部分を利用しているけれど、お父様は聡いから気付いているかもしれない。

「ずっと訊いてみたかったことがあったのですが、魔族にとって、魔王様というのはやはり特別な存在なのですよね？」

ふ、とお兄様が微笑む。

「今日のヴィヴィアンは沢山《たくさん》質問をしてくれるね」

「ごめんなさい、うるさいかしら？」

「そんなことはないよ。昔、小さかった頃の君はなんでも疑問が湧くとすぐに周りに訊ねる子だったから、少し懐かしくて……」

その頃を思い出しているのか、お兄様が柔らかく目を細める。

「……そうだね、魔族にとって魔王様は特別な存在だ」

そう言ったお兄様が考えるような仕草をした。

それが考え事をしている時のお父様とそっくりだったので、お兄様が思っているよりもお父様はお兄様に影響を与えているのだと気付いた。

共に過ごしているから無意識に癖《くせ》がうつったのかもしれない。

「なんと言えばいいか……。魔王様は全ての魔族の主君というか、親というか、人間が言うところの神に近いかな。自分達の上に座しているのが当たり前で、崇拝《すうはい》して、尊敬していて、魔王様の言葉は絶対だ」

「魔人は魔王様を崇拝していないのはどうしてかしら？　魔族の血が入っているなら、魔人も魔王様を崇拝するものだと思うのだけれど」

「それは魔族に比べて人間の危機察知能力が低いからだと思うよ。魔族は相手を見ればどの程度の強さか本能的に感じ取れるけれど、人間は判断出来ず、混血になることでそういった感覚が弱まってしまうんじゃないかな。僕達魔族の根底にある崇拝とは『魔王様の絶対的な強さ』への畏怖《いふ》からくるものだからね」

「わたくしはその感覚が分からないから、リーヴァイと接していても何も感じないのね」

お母様もお兄様も、人目がない時はリーヴァイに対して傅《かしず》いているし、使用人達の目がある際は使用人として扱っているものの、他の者に対するより丁寧《ていねい》に接している。

恐らく、それ自体が無意識なのだろう。

……なるほどね。

リーヴァイが「使用人というのも面白い」と言った理由が分かった。

彼は『命令して傅かれる側』であって『命令されて傅く側』を経験することがなかった。奴隷《どれい》として過ごしてきた間のことはともかく、記憶を取り戻してからは初めてのことばかりだったのだ。

「わたくし、他の魔族に暗殺されかねないのでは……？」

自分達が崇拝する魔王様を奴隷にしている上に、使用人にして身の回りの世話をさせて好き勝手に連れ歩く。

魔族からしたら、とんでもない冒瀆《ぼうとく》行為だろう。

わたくしの言葉にお兄様が笑った。

「魔王様が受け入れているから、それはないよ」

「そうですわね。リーヴァイが本気を出せばわたくしなんて簡単に殺せるし、操ることも出来るし、彼にとってこの状況はお遊びに過ぎないのでしょう。ただ、面白いから付き合ってくれているだけだわ」

お兄様が少し驚いた顔をする。

「それだけではないと思うけど……ヴィヴィアン、君は『魔王様を愛している』と言うのに『愛されたい』とは言わないのはどうしてだい？」

「あら、お兄様だってリーヴァイのためならなんだってするでしょう？　そこに見返りを求めているの？」

「だが、君は魔王様を崇拝してはいない」

「魔族とは崇拝の種類が違いますわ。畏怖ではなく、愛ですもの。毎日顔を合わせて、話をして、推《あい》させていただけるだけで幸せですわ」

何故かお兄様が微妙な顔で一瞬黙った。

「……その感覚はよく分からないな」

「わたくしが魔族の感覚を理解出来ないのと同じですわね」

「なるほど」

納得した様子でお兄様が頷《うなず》く。

「魔王様がヴィヴィアンを『興味深い』と言う理由は分かったよ」

興味を持ってくれているのであれば嬉しい。

思い出した前世の記憶の中で『愛の反対は無関心』という言葉があったから、関心があるというのはそれだけで幸せなことなのだろう。

……リーヴァイになら利用されて捨てられてもいいわ。

でもこの気持ちは純粋な愛や献身などではない。

わたくしの勝手な自己満足である。

「僕としても、君は見ていて飽《あ》きないしね」

「では、いつまでも面白い妹でいられるように努力します」

お兄様はやっぱりおかしそうに笑っていた。

……ああ、推し《リーヴァイ》に会いたいわ。

出来る限り意識しないようにしていたのに、話題に出してしまうと寂しくなってくる。

お父様やお母様、お兄様、使用人達もいて、アンジュやクローデットもいるのに、隣に彼がいないと物足りない。

……わたくしはわがままね。

そんな気持ちを隠してわたくしも微笑んだ。

＊　＊　＊　＊　＊

わたくしが十七歳になる数ヶ月前に、アンジュとクローデットが十六歳の誕生日を迎えた。

原作ではアンジュは十五歳で馬車の事故に遭《あ》い、亡くなってしまうはずだったが、無事に問題の一年を越すことが出来たのだ。

そして親しくなって知ったのだが、アンジュとクローデットは誕生月が同じだった。

きっと、ギルバートルートに入るとその辺りの話も出てくるのだろう。だからこそギルバートはクローデットのことが気になり、亡くなった婚約者と同じ誕生月で同じ歳《とし》の彼女に惹《ひ》かれていくようになるのかもしれない。

何はともあれ、アンジュが十六歳を迎えられたのは喜ばしいことである。

クローデットもついに十六歳となった。

原作が始まるはず――……なのだけれど。

「二人とも、お誕生日おめでとう。成人を迎えて、二人も今年から社交界に出ることになるわね」

二人の誕生日が過ぎてから、我が家に招待した。

デビュタントを済ませるまでは基本的に誕生日は家族や親族で祝うため、来年からはアンジュもクローデットも誕生日はパーティーが開かれることとなるだろう。

わたくしも十七歳の誕生日からはそうなるけれど、二人のデビュタントより先に誕生日を迎えるので、まだ二人を招待することは出来ない。

それが少し残念だが、決まりは決まりだ。

「ありがとう、ヴィヴィアン」

「ありがとうございます、ヴィヴィアン様」

アンジュとクローデットが嬉しそうに微笑んだ。

手を叩くと、侍女《じじょ》が二人の前のテーブルに両掌《りょうてのひら》に載るほどの大きさの箱を置く。

「これは二人への誕生日の贈り物よ」

どうぞ、と手で示せば、アンジュとクローデットがリボンを解いて箱を開ける。

中には大きな宝石で作ったブローチが入っている。

中から二人がそれを取り出し、顔を見合わせた。

アンジュには紫色の宝石に金縁のものを。

クローデットには青色の宝石に金縁のものを。

わたくしの胸元には赤色の宝石に金縁のものがあった。

「特別なお友達の証《あかし》よ。お揃いで可愛《かわい》いでしょう？」

胸元に手を添えて見せれば、二人が嬉しそうに笑った。

「素敵……！　これなら一目でお友達と分かるよね……！　ありがとう、ヴィヴィアン……!!」

「ありがとうございます！　こんな素敵なブローチをいただけるなんて、ずっと大切にします！」

二人はすぐにブローチをドレスの胸元に着け、嬉しそうに微笑み合った。

伯爵家のクローデットが使うには少々華やかすぎるけれど、これは公爵令嬢であるわたくし達が目をかけていると周囲に表す目的もある。

三人が宝石違いで同じ意匠《いしょう》のブローチを愛用していれば、誰が見ても親しい間柄だと分かる。

「二人とも、よく似合っているわ」

わたくしが見立てたのだから間違いなんてないけれど。

嬉しそうな二人の様子にわたくしも嬉しくなった。

「それから、二人の誕生日を祝うために特別な茶葉をお兄様から譲《ゆず》っていただいたの。是非《ぜひ》、飲んでちょうだい」

侍女が紅茶を用意する。

それは、少し前にお兄様が伝手《つて》をつくって購入出来るようになった、あの特別な紅茶である。

アンジュが香りを嗅《か》いで、すぐに驚いた顔をした。

「これって……」

それから一口飲み、感動した様子で溜め息をこぼした。

「やっぱり……ディトゥーアの『高原の気高き王女』だよね？」

「さすがアンジュ、よく分かったわね」

西のずっと離れた場所にある国・ディトゥーア王国。

そこの山岳地帯でのみ育てられている特別な茶葉で、香り高く味も良いことから『高原の気高き王女』と呼ばれ、その国で栽培《さいばい》されている紅茶の中でも最高級品だった。

そっと一口飲んだクローデットが目を丸くする。

「……美味《おい》しい……」

「この紅茶はミルクや砂糖を入れても美味しいけれど、そのまま飲むのが一番香りを楽しめていいのよ」

「こんなに美味しい紅茶は初めてです」

アンジュがクロードデットに顔を寄せてヒソヒソと囁《ささや》く。

恐らく、この紅茶について説明しているのだろう。

「えっ」とクローデットが酷《ひど》く驚き、手元のティーカップを見下ろし、わたくしを見た。

……伯爵家が購入出来る茶葉ではないものね。

「誕生日のお祝いにこちらの茶葉も差し上げるわ」

クローデットが戸惑った様子で返事をした。

「いえ、そんな、ブローチをいただいただけでも嬉しいのに……」

「クローデット様、この茶葉、実は王妃様がとてもお好きなものなのよ。殿下の婚約者になった時、王妃様とお茶を共にする際に『知りませんでした』なんて言えば王妃様の機嫌を損《そこ》ねてしまうわ」

「でも……」

困り顔のクローデットにアンジュが微笑《ほほえ》んだ。

「クローデット、受け取っておいたほうがいいよ。こういう時は断るほうが失礼になることもあるから」

「アンジュがそう言うなら……」

……あら？　いつの間に二人は名前を呼び捨てにし合う仲になったのかしら？

「まあ、アンジュもクローデット様もずるいわ」

「え？」

「えっと、何がですか……？」

「クローデット様、わたくしのことも『ヴィヴィアン』と呼んでほしいわ。言葉遣いも、お友達同士の時は気軽に接してくれないかしら？　アンジュとクローデット様ばかりずるいわ」

するとアンジュとクローデットが顔を見合わせ、ふふふ、と笑い出した。

「だって、クローデット」

「ヴィヴィアン様、お可愛らしいです」

二人はおかしそうに笑い、クローデットが言った。

「ヴィヴィアン様には今のままではいけませんか？」

「ダメではないけれど、どうして？」

「ヴィヴィアン様はわたしの恩人で、先生なので丁寧《ていねい》に接したいんです。あ、もちろん、アンジュも恩人でお友達なのですが、ヴィヴィアン様はわたしにとって特別な人だから」

そう言われてしまえば、わたくしは引き下がるしかない。

クローデットの『特別』になれただけでよしとしよう。

「それなら仕方ありませんわね」

「ごめんなさい……」

申し訳なさそうな顔をするクローデットに微笑み返す。

「あら、クローデット様が謝ることはなくってよ？　わたくしを大切にしてくれているということですもの」

「その、でも、出来ればヴィヴィアン様には『クローデット』と呼んでほしいです。……ダメですか？」

「いいえ。では、これからはクローデットと呼ばせてもらうわね」

「はい、ありがとうございます、ヴィヴィアン様！」

横からアンジュが「良かったね」と声をかけ、クローデットが「うん」と嬉しげに頷《うなず》いていて、可愛い二人の様子にわたくしも和《なご》む。

アンジュとクローデットが並ぶ姿は原作にはないものだろう。

けれども、だからこそ、この光景が眩《まぶ》しかった。

＊　＊　＊　＊　＊

わたし、クローデット・バスチエは、バスチエ伯爵家の長女である。

お父様とお母様の間に生まれた一人娘だったけれど、お母様が病に倒れて亡くなってしまうと、お父様は『新しい家族』を家に招き入れた。

……その人達が嫌いというわけではないけれど……。

お母様が亡くなってすぐにお父様が新しい女性を連れてきたことや、その人とお父様の間に生まれた娘だという義妹が、自分と一歳しか違わないことはすぐには受け入れられなかった。

お父様とお母様はずっと仲睦《なかむつ》まじく暮らしていた。

それなのに、お父様は外に愛人を作っていた。

貴族としては珍しいことではないと分かっていても、裏切られたという気持ちは拭《ぬぐ》えなかった。

しかも、義妹・プリシラはわたしに懐いた。

明るくて、素直で、正直で、平民であったならそれは美徳だったのかもしれないけれど、本音と建前《たてまえ》の違いが分からず、貴族令嬢にしては純粋すぎる子で、そのせいで色々と問題を起こしてしまう。

貴族になったのに貴族の礼儀作法《れいぎさほう》や規則を学ばず、やっと学んでも従わず、新しい伯爵夫人とお父様はプリシラに甘い。

まだ準成人すら迎えていない子供をお茶会に連れていくなんて。

バスチエ伯爵家の評判は落ちるし、どこに行くにもプリシラがついてくるので友達からも敬遠されてしまい、家の使用人達はお父様に愛されて可愛がられているプリシラの味方をして、わたしの扱いは雑になっていった。

……いつか、追い出されてしまうのかな。

お父様の決めた人と結婚して、きっと、お父様はプリシラとその結婚相手にバスチエ伯爵家を継がせたいと思っているのだろう。

……もう、あの家にわたしの居場所はない。

虐待《ぎゃくたい》はされないけれど、冷たく余所余所《よそよそ》しい伯爵夫人。

どこに行ってもついてくる礼儀作法の出来ていない義妹。

夫人と義妹に甘く、わたしへの関心を失ったお父様。

お父様の様子を見て、わたしへの態度を変えた使用人達。

なんとか家を抜け出しては密かに教会に通っていた。

……神様、どうか助けてください……！

わたしは居場所がほしかった。

わたしを見てくれる人がほしかった。

愛して優しくしてくれる人が、人の温もりが恋しかった。

だけどわたし自身にはなんの力もなくて、どうしようもなくて、ただ苦しいと思いながら毎日が過ぎていく。

そんな中、声をかけてくれたのがヴィヴィアン様とアンジュだった。

家から逃げるように教会へ行き、神様に祈っていると、後ろから声をかけられた。それが二人との出会いである。

アンジュは優しくて、穏やかで、とても良い子だ。

華やかな外見とは裏腹に少し気が小さいみたいで、そのことを気にしていて、公爵家の方でも自信がないことなんてあるんだと最初は驚いた。

でも、アンジュは気配り上手《じょうず》で、わたしのために自分のお友達を紹介してくれた。

そして、ヴィヴィアン様はわたしの一番特別な人だ。

わたしが家にいる時間を減らせるように公爵家に招いてくれたり、孤児院を紹介してくれたり、アンジュと同様にわたしに居場所を与えてくれた。

何より、後でアンジュから教えてもらったのだけれど、わたしの話を聞いて、ヴィヴィアン様はわたしを助けたいと言ってくれたそうだ。

わたしに声をかけたのも、ヴィヴィアン様の案だった。

しかも、公爵家の二人と友人関係になってから、家でのわたしの扱いも変わった。

お父様はわたしを無視しなくなったし、伯爵夫人はわたしに冷たくするのはやめた。プリシラは相変わらずわたしにくっついてこようとするけれど、公爵家の二人に迷惑をかけたら困るとすぐに止められる。使用人達もわたしへの態度が丁寧になった。

今までのことを忘れて受け入れることは難しい。

でも、もういいと思った。

わたしにはヴィヴィアン様とアンジュがいる。

ヴィヴィアン様が紹介してくれた孤児院付きの教会で、エドワード様とも出会った。

この国の王太子殿下であるエドワード様は、常に自信に満ちあふれていて、堂々としていて、けれどもわたしに優しく話しかけてくれた。

エドワード様と恋に落ちるのに時間はかからなかった。

だが、王太子と伯爵令嬢では身分が違いすぎる。

どう頑張ってもわたしは側妃《そくひ》にしかなれない。

しかもエドワード様とヴィヴィアン様の婚約が決まったと聞いた瞬間、わたしは身を引くしかないと思った。

わたしを助けてくれたヴィヴィアン様なら、と。

しかし、二人の婚約は取引の結果であり、本気で結婚するつもりはないとヴィヴィアン様もエドワード様も言う。

「わたくしと婚約していれば殿下が他の方に取られる心配もないし、クローデットがデビュタントを迎えたら婚約破棄《はき》するわ。わたくし、貴族と結婚するつもりがそもそもないの」

ヴィヴィアン様のそばには美しい使用人がいつもいた。

今は帰郷中とのことでいないけれど、ヴィヴィアン様は、その使用人の侍従《じじゅう》を愛しているそうだ。

エドワード様と婚約すれば、歳《とし》の近い者もみんな婚約し、相手がいなくなるし、王族から婚約破棄をされた令嬢を欲しがる貴族もいない。

だから破棄をするまでの仮初《かりそ》めの婚約なのだと言った。

それだけでなく、ヴィヴィアン様は王太子妃教育で学んだことをわたしへ教えてくれる。

忙しいはずなのにいつだってヴィヴィアン様は笑顔でわたしに接してくれて、優しくしてくれて、エドワード様との恋も応援してくれる。

……天使様じゃないのが不思議なくらい。

何か恩をお返ししたくても、ヴィヴィアン様に渡せるような価値のあるものは何もなくて。

それをアンジュに相談したら、アンジュは笑っていた。

「これからもヴィヴィアンと仲良くしてあげて。ヴィヴィアンは勘違いされてしまうこともあるけど、本当は凄《すご》く優しい人だから」

もちろん、それについては当然のことだ。

ヴィヴィアン様から『もう友達ではない』と言われない限り——……いいや、言われたとしてもわたしはヴィヴィアン様のために出来ることはなんでもするだろう。

今は神様ではなく、ヴィヴィアン様を崇《あが》めていると言ったらヴィヴィアン様には呆《あき》れられてしまうかもしれないけれど、わたしはそれくらい感謝している。

ランドロー公爵家からの帰りの馬車の中。

触れた胸元にはお揃いのブローチが輝いている。

……ヴィヴィアン様のためにももっと頑張らなきゃ。

わたしを応援してくれる人のために、わたしは努力する。

＊　＊　＊　＊

「う……」

ズキリと痛む頭に触れようとして、手が動かせないことに気付く。

辺りを見回せば、薄暗くて埃《ほこり》っぽく、狭いどこかの部屋に閉じ込められているようだった。

高いところにある小窓から月明かりが差し込んでいる。

その小窓には鉄柵《てっさく》がはめられていた。

高さと大きさからして、あそこから逃げ出すことは無理そうだ。

「一体何が……？」

足は自由だけれど、両腕は後ろで固定されている。

見下ろせば、わたくしの親指より太い縄で縛《しば》られていて、辺りにそれを断ち切るための刃物などはない。

とりあえず埃まみれの床から起き上がる。

今の時間は分からないものの、月明かりが差しているということは月はかなり高い位置にあるのだろう。

「十七歳の誕生日にしては、最悪の贈り物ね」

＊　＊　＊　＊　＊

十七歳の誕生日前日の今日。

一日早いが、両陛下と王太子を交えて四人でお茶をした。

婚約して以降、王太子のわたくしへの態度を気にしていたので、周囲に『婚約は問題なく続いている』ことを広めたかったのだろう。

きっと数日後には王妃付きの侍女達《じじょ》が『王太子と婚約者の間に亀裂はない』と噂《うわさ》を流し、よりわたくし達の関係は注目される。

……ある意味では丁度《ちょうど》良いのかもしれないわ。

もうしばらくするとデビュタントの時期となる。

今年、クローデットは成人を迎え、社交界に出る。

わたくしとアンジュが目をかけている伯爵令嬢というだけでも目立つだろうが、今注目されているわたくし達が大勢の前で婚約破棄を行い、王太子がクローデットに求婚すれば、国王であろうともこの問題を揉《も》み消すことは出来ない。

わたくしは王太子に婚約破棄された令嬢となり、逆にクローデットは王太子の愛を得た幸運な令嬢となる。

原作と異なり、十六歳を迎えてもクローデットに聖印は現れなかったことは気にかかるが……。

そんなことを王城からの帰り道、馬車の中で考えていた。

しかし、その時に問題が起こった。

突然馬車が揺れ、速度が上がり、驚く間もなく車体が横倒しになった。

馬車の中にいたわたくしは振り回され、壁に叩きつけられ、恐らくそのまま気絶してしまったのだろう。

……まさか誘拐《ゆうかい》されるなんて想定外だわ。

目を覚ますと、どこかの埃まみれの部屋にいた。

改めて辺りを見回してみる。

狭い部屋は小窓の下に木箱が積み重ねられているものの、普段は滅多《めった》に人が立ち入らないのだろう。空気もどこか埃っぽく、先ほどまで倒れていた床では砂の感触があった。

ドレスも髪も砂と埃で汚れてしまった。

……お気に入りのドレスなのに。

どんな者達に襲われたのかは分からないが、一人や二人で行ったわけではないだろう。

わたくしの乗っていた馬車にはランドロー公爵家の紋章が入っていたし、護衛もいたので、きっと大人数で襲ってきたに違いない。

……護衛達が生きているといいのだけれど。

わたくしがここにいることを考えると、護衛達は皆、殺されてしまったかもしれない。生きていたとしても重傷だろう。

それに侍女や御者も、無事かどうか分からない。

ただ、こうしてわたくしのみがこの部屋に閉じ込められていることを考えると侍女は連れてこられなかったのだ。

「……お父様達はきっと捜してくれているはず」

でも、お父様達は監禁《かんきん》先を知らないから助けは来ない。

信じていないわけではないが、このまま、何もせずに待っていてもこの身がどうなるかも分からない。

……自分で逃げ出すしかないわ。

わたくしには剣の腕も体術の覚えもないけれど、一つだけ、普通の人間より優れているものがある。

なんとか扉のそばまで床を這《は》いずり、移動する。

「誰か！　誰かいませんの!?　わたくし、お腹が空《す》きましたわ!!」

試しに叫んでみると扉が外側から強い力で叩かれた。

「うるせぇな！　静かにしてろ!!」

どうやら扉の外には見張りがいるらしい。

……むしろ好都合ね。

わたくしは出来る限り、わがままな令嬢らしく騒ぐ。

「汚いし、お腹は空くし、わたくしお花を摘《つ》みに行きたいわ!!　お手洗いに連れていってくださいませんと漏《も》らしてしまったら恥ずかしくて死んでしまいそう!!」

「漏らせばいいだろ！」

「それを掃除《そうじ》するのはあなたではなくって!?」

言い返すと扉の向こうで沈黙が落ちる。

どうするべきか考えているのが感じられた。

「ああ、早く連れていってちょうだい……!!」

と切羽詰《せっぱつ》まった様子で言えば、扉のほうからガチャガチャと鍵《かぎ》を扱うような音がして、扉が開かれた。

そこに立っていたのは、そこそこ体格の良い男だった。

「チッ、仕方ねぇな――……」

目が合った瞬間にわたくしはその男へ『魅了』をかけた。

『魅了』をかけることは得意になったが、逆に『魅了』を解くことは苦手なままだった。

だが、今回は解くことまでは考えなくていい。

全力で男に『魅了』をかければ、苛立《いらだ》っていた男の顔がぼんやりとしたものへと変わる。

強くかけすぎると自我を失ってしまうらしいが、誘拐を行った者達の仲間に情けなど必要ない。

「ここはどこ？」

わたくしの問いに男が答える。

「貧民街の、拠点の一つ……」

「あなた達は何者？」

「俺達は、この辺りを仕切って、いる『黒狼《こくろう》』の仲間だ……」

……聞いたことがないわ。

「その『黒狼』がどうして公爵家の馬車を襲ったの？」

平民が貴族を傷付ければ重罪となる。

たとえ、相手が貴族だと知らなかったとしても罪に問われるが、公爵家の紋章入りの馬車を襲ったのだから、知らなかったということはありえない。

「ランドロー、公爵家に、仕返しをするため……」

「仕返し？　公爵家があなた達に何をしたの？」

「俺達の仲間が、捕らえられた……それを指揮していたのは、ランドロー公爵家だった……」

「あなた達の仲間は一体、何をして捕まったのかしら？」

公爵家に仕返しをするなんてよほどのことだろう。

だが、男の答えにわたくしは唖然《あぜん》としてしまった。

「仲間は、孤児院を襲って、金を集めていた……」

その言葉に思い出したのは、わたくしが慈善《じぜん》活動に参加し始めた時のことだった。

あの頃、王都の孤児院が強盗団に襲われ、金品を奪われる事件が頻繁《ひんぱん》に起こっていて、わたくしはお父様に強盗団を一掃《いっそう》するようにお願いした。

そして、お父様は強盗達を捕縛《ほばく》した。

……確か、強盗団は三つあったと聞いていたけれど……。

もしそれが末端の者達による仕業《しわざ》だったとしたら？

その後ろに更に別の者達がいたとしたら？

「わたくしを誘拐した理由は……」

「公爵家から、身代金《みのしろきん》をむしり取って、令嬢は闇市の、奴隷《どれい》商に、売る予定だ……その後、公爵令嬢が、奴隷に落ちたと噂を、広めて……」

この男達の目的は金だけではなく、公爵家の名誉を汚そうとしていたのだ。

公爵令嬢であり、王太子の婚約者が誘拐され、奴隷に落とされたと広まれば公爵家の家名に傷が付き、強盗捕縛の指揮を執《と》っていたお父様を苦しめることが出来る。

しかし、それはあまりにも自分勝手な復讐《ふくしゅう》だった。

ランドロー公爵家は孤児院を襲う強盗を、つまり犯罪者を捕縛しただけで、公爵家が責められる謂《いわ》れはない。

「あなた達が犯罪行為をしなければ……いえ、いいわ」

と思わず言いかけたものの『魅了』の効いた男に言っても意味はないと気付き、言うのをやめた。

ここでこの男に詰め寄ったところで無意味だ。

……それよりもここから早く出なくては。

「今ここにあなたの仲間は何人いるの？」

「三十人くらい……」

見つからずに逃げるのは無理そうだ。

……そうなるとしたら。

「わたくしを外まで案内しなさい。仲間に訊かれても『奴隷商に売りに行く』と言って気付かれないようになさい」

男がまだどこかぼんやりした様子で頷《うなず》く。

多少様子はおかしいが、返答が出来れば気付かれないかもしれないし、わたくし一人で動けばすぐに捕まってしまう。

縄を解かせないのは、誰かに見つかった時に何故縄を解いているのかと疑われるのを防ぐためだ。

男の先導で部屋を出る。

薄暗い廊下《ろうか》は狭く、建物もかなり古そうだ。

埃《ほこり》っぽさは少しは良くなっているものの、廊下もあまり綺麗《きれい》とは言いがたく、隅には埃が溜まっていた。

カツ、コツ、と二人分の足音だけが響く。

……ここから出たら屋敷までどうやって戻れば……。

この男に案内をさせて、公爵家まで戻ればなんとかなるだろうか。そうすれば男は証人にもなる。

そう思いながら歩いていると廊下の向こうから人が歩いてくる。

「ん？　おい、なんでそいつを外に出してるんだ？」

別の男に話しかけられ、魅了している男が答える。

「奴隷商に売りに……」

「いや、まだ早いだろ。身代金を受け取ってからって話だったじゃないか」

「……頭《かしら》がそうするって」

男は魅了がかかっていても多少は思考が働くらしい。

相手の男がわたくしを見たので『魅了』を軽くかける。

「わたくし達を見逃しなさい」

相手の男がぼうっとしながらも道を開けた。

「……ああ、まあ、どっちにしても売る予定だからいいか……」

そうして、また最初に魅了をかけた男と共に廊下を進む。

まだドキドキと心臓が脈打っている。

……魅了が使えて良かった。

その後は何事もなく進み、建物の玄関ホールへ出る。

……あと少し……！

魅了をかけた男と共に玄関へ向かう。

「おいおい、どこに行く気だ？」

しかし、かけられた声にギシリと体が硬直した。

声のしたほうへ振り向けば、二階から大男が見下ろしていた。

そして、恐らくその仲間達だろう男達が、奥から出てきて囲まれる。

外へと続く扉まではあと二メートルと少しくらい。

走り出せば逃げられるかもしれないが、わたくしは腕を縛《しば》られたままなので男を使わなければ扉を開けられない。

ジリジリと他の男達が近づいてくる。

「……わたくしを守りなさい」

男に命令すれば、男が腰からナイフを引き抜いて構える。

それに大男が、おや、というふうに首を傾《かし》げた。

「どういうこった？　まさか、誘拐《ゆうかい》したガキに絆《ほだ》されちまったのか？」

大男の問いに、魅了がかかっている男は答えない。

それに大男は肩を竦《すく》めるとこちらを見下ろした。

「その二人を捕まえろ」

男達がより近づいてきたので、一番近くの男へ目を向ける。

……こんな数に使えるのか分からないけれど。

一番近くにいた男と目を合わせて『魅了』をかける。

かけられた男がぼうっとした顔をする。

すぐに別の男に視線を向けて更に『魅了』をかけ、また別の男へ目を向け『魅了』を繰り返す。

四人ほど魅了をかけたところで急激に体が重くなった。

大男は異変に気付いた様子で声を荒らげた。

「さっさと捕まえろ！」

それにわたくしも対抗する。

「わたくしを守りなさい！」

大男の部下達とわたくしが魅了をかけた男達が、あまり広くはない玄関ホールでぶつかり合う。

……今のうちに外へ出なければ！

玄関扉へ駆け寄り、後ろ手に扉を開けようとした。

だが、ガチッと扉の取っ手が途中で止まる。

「鍵《かぎ》!?」

鍵がかかっている。

慌てて扉を見たが、扉は内側も鍵を差し込む形のもので、専用の鍵がなければ開けられない仕組みになっていた。

扉に体当たりをしてみるがビクともしない。

古い建物に似つかわしくないほど頑丈な扉だった。

後ろでガツンと大きな音がして、振り向けば、魅了をかけていた男達の最後の一人が倒れるところであった。

いつの間にか大男は二階から下りて、近づいてくる。

「っ……！」

大男と目を合わせて『魅了』をかけた。

だが、バチリと目に痛みが走り、思わず悲鳴が漏《も》れた。

「ぁあ……っ!?」

痛む片目を瞑《つむ》りながらも、なんとか大男を見る。

大男は目を丸くし、そして、笑った。

「驚いた。もしかしてお前も同類か？」

その意味を理解し、絶望した。

多分、この大男も魔人なのだ。

魔族と人間のハーフで、しかもわたくしより強い。

だから『魅了』をかけようとしても効かなかった。

弾かれるような感じがしたのは、わたくしより能力が上だから。

大男がおかしそうに声を上げて笑った。

「気に食わねえ公爵家のガキなんて売り飛ばしてやろうと思ったが、これは使えそうだ！　奴隷にして手元に置いておいたほうが面白いだろうな！」

大股《おおまた》で大男が近づき、わたくしの腕を摑《つか》む。

「離しなさい！　この無礼者!!」

「おっと、そんなのも使えるのか」

ギロリと睨《にら》み『威圧』をかける。

まだ練習中であまり制御出来ないが、最近になってなんとか形になったばかりの『威圧』だが、
大男にはなんの効果もないらしい。

むしろ、より楽しげに大男が口角を引き上げた。
腕を引っ張られて扉から引き離される。
……奴隷にも、こんな男のものにもなりたくない！
「嫌っ！　離してっ、離しなさい……!!」
ズルズルと引きずられ、抵抗しても意味を為《な》さない。
……誰か、誰でもいいから助けて……！
お父様、お母様、お兄様――……リーヴァイ。
その瞬間、頭を過《よぎ》ったのは愛する人の姿だった。
じわりと涙が込み上げ、視界が滲《にじ》む。
……リーヴァイ、助けて……!!
そばにいないと分かっているのに、願ってしまった。

第四章……………帰還とこれから

「ヴィヴィアン、願いは言葉にするべきだ」
ふわりと後ろから誰かに抱き締められた。
大男が驚いたのか手を離す。
驚きのあまり、声が出なかった。
それでも、わたくしを抱き締めているのが誰なのか、考えるよりも先に理解した。
……そんな、どうして……魔族領にいるはずなのに……。
大きな手がわたくしの顎《あご》に触れて、顔を上げさせられる。
そこには思った通り、リーヴァイがいた。
相変わらず自信に満ちた微笑を浮かべていた。
「リー、ヴァイ……？」
その姿を見た瞬間、心の底から安心した。
リーヴァイが帰ってきた。

瞬きをすれば、涙が頬《ほお》を伝う。

その涙の跡をリーヴァイの指がなぞった。

「何者だ!! どこから入った!?」

大男が警戒した様子で怒鳴る。

その怒声にビクリとわたくしの体が震えれば、リーヴァイの顔から笑みが消えた。

そのまま、黄金色の瞳が大男を見た。

「黙れ」

瞬間、大男が口をパクパクと開閉し、驚いた様子で自身の喉《のど》を押さえた。声が出ないらしい。

黄金色の瞳がこちらへ戻ると柔らかく細められる。

「ああ、ヴィヴィアン、恐ろしかっただろう」

わたくしの体が震えている。

喜びか、恐怖か、それとも別の何かなのか分からない。

顔を寄せたリーヴァイが甘く囁《ささや》く。

「さあ、望みを言うがいい。我に命令出来るのはそなたのみ。その望みを、命令を、我が叶えよう」

その声に促されてわたくしの口が勝手に動く。

「……たすけ、て……」

それは命令というより懇願《こんがん》だった。

けれども、リーヴァイは満足そうに頷《うなず》いた。

「望みのままに、我が主人よ」

ギュッとリーヴァイに抱き寄せられる。

そして、リーヴァイを中心に風が巻き起こる。

でも不思議とわたくし達の周りはなんともなくて、巻き起こる風の向こうから男達の悲鳴がいくつも聞こえてきた。

「心配せずとも加減はしている」

リーヴァイが言い、そして、風がふっと止んだ。

建物の中は荒れてしまい、男達が倒れている。

大男ですら傷だらけで動けない様子だった。

「では、公爵家に帰るとしよう」

周囲が光ったかと思うと、ふわりと浮遊感に襲われる。

それについ目を瞑《つむ》ってしまった。

けれども、すぐにお父様の声がした。

「ヴィヴィアン……!?」

ハッと顔を上げれば、そこはお父様の書斎だった。

バラリと縄が解けて両腕が自由になる。

「お父様……！」

思わず駆け出し、同様に駆け寄ってきたお父様に抱き着けば、しっかりと受け止められる。

「ヴィヴィアン、大丈夫か？　こんなに汚れてしまって……怪我《けが》はないか？　ああ、よく顔を見せなさい」

お父様がわたくしの両頬に触れて顔を覗《のぞ》き込んでくる。

いつもは厳しい表情のお父様も、今は心配と安堵《あんど》とで眉《まゆ》を下げていて、こんなお父様を見たのは初めてだった。

「襲われた際に馬車が横転して、少し頭や体が痛いですが、でもこの通り無事ですわ」

「いや、外見では分からないこともある。すぐに教会から神官を派遣させて……いや、それでは噂《うわさ》が広まってしまうか……」

「そこまでなさらずとも大丈夫ですわ」

微笑めば、お父様が心配そうにしている。

それまで黙っていたリーヴァイが近づいてくる。

「それならば我が治療しよう」

そばに立ったリーヴァイがわたくしへ手を翳《かざ》し、体がふわりと光に包まれると、痛かった頭や体が治っただけではなく、汚れていた髪やドレスまで綺麗《きれい》になった。

「これで良いだろう」

リーヴァイが満足そうに頷く。

お父様がリーヴァイに頭を下げる。

「娘を助けてくださり、ありがとうございます、魔王様」

「良い。ヴィヴィアンは我が主人、奴隷《どれい》が主人を守るのは当然のことである。それよりも今後はよりヴィヴィアンの警備を強固にするべきだ」

「はい、その通りでございます」

そして、お父様がわたくしを見下ろした。

「すぐにイザベルとルシアンに伝えなければ。お前が行方《ゆくえ》不明になったと知って、二人とも、王都を焼き滅ぼしそうな勢いだ」

「まあ、笑えない冗談ですわね」

「冗談ではない。二人は本気でこの王都を焼き尽くし、ヴィヴィアンを攫《さら》った者を殺すと意気込んでいてな……」

……魔族のお母様とお兄様ならやりかねないわね。

「では、イザベルとルシアンを呼ぼう」

言って、リーヴァイが片手を耳に当てた。

ややあって廊下《ろうか》が騒がしくなり、書斎の扉が派手に開く。

お母様と目が合えば、凄《すご》い勢いで抱き着かれた。

「ヴィヴィアン……!!」

ギュッと強く抱き締められる。

「ああ、良かった、無事だったのね……!」

お父様の時と同じく、お母様もわたくしの顔を両手で包み、確かめるようにわたくしを見る。

安堵したのか美しい紅色の瞳からポロポロと涙がこぼれた。

そうしてもう一度抱き寄せられる。

「……ごめんなさい、お母様」

「いいえ、謝らないでちょうだい。魔王様から話は聞いたわ。あなたは何も悪くないもの。……怖かったでしょう？　私達の可愛《かわい》いヴィヴィアン。あなたがこうして帰ってきてくれただけで十分よ」

滅多《めった》に動揺《どうよう》しないお母様が泣いている。

だけど、それが嬉しくもあった。

……こんなに心配してくれる人がいるって幸せだわ。

お父様もお母様も、わたくしを愛してくれている。

「お兄様は？」

「ヴィヴィアンを誘拐《ゆうかい》した者達の捕縛《ほばく》に向かっている」

わたくしの問いにリーヴァイが答える。

「こちらに来たがっていたが、先ほどの場所を伝えたら『妹を傷付けた愚か者は許さない』とかなり怒っていたぞ。それにヴィヴィアンの身を案じていた」

「お兄様なら一人残らず捕まえてくれるはずね」

お母様が優しくわたくしの頭を撫《な》でる。

「公《おおやけ》には出来なくても、公爵家を敵に回すとどのような目に遭《あ》うか思い知らせてあげましょう。ねえ、あなた？」

「ああ、当然だ」

……お母様もお父様もとても怒っているわね。

それでも、わたくしを抱き締めるお母様の仕草は優しくて、温かくて、柔らかな感触にホッとする。

「……お母様、お父様、わたくし、少し疲れてしまったようで、今は休みたいですわ」

公爵邸へ帰ってきた安堵感からか、体が重い。

お母様にもう一度ギュッと抱き締められる。

「一人で大丈夫かしら？」

「ええ、リーヴァイがおりますわ」

「そう、そうね、魔王様なら安心だわ」

お母様を抱き締め返してから離れる。

リーヴァイが差し出した手に、わたくしは自分の手を重ねた。

すると、ヒョイと軽い動作で抱き上げられる。

「後のことは任せた」

「かしこまりました」

「娘をよろしくお願いいたします、魔王様」

お父様とお母様がリーヴァイに頭を下げる。

そして、また僅《わず》かな浮遊感と光と共に視界が移り変わり、見慣れたわたくしの部屋にいた。

リーヴァイが歩き、わたくしをベッドの上へ下ろす。

そのまま離れようとしたリーヴァイの首に、思わず腕を回して引き留めてしまった。

リーヴァイの動きが一瞬止まり、それから、またわたくしを抱き抱えるとベッドに腰掛けた。

わたくしはリーヴァイの膝の上に横向きに座った。

抱き寄せられて、リーヴァイの長く、意外とがっしりとした腕に囲われると酷《ひど》く安心する。

リーヴァイに抱き着いて背中に腕を回す。

「……お帰りなさい」

頭上から「ああ」と静かな声がする。

「それから、助けてくれてありがとう……」

「まだ恐ろしいか?」

返事の代わりに小さく頷く。

「………今夜はここにいて」

返事の代わりに、大きな手がわたくしの頭に触れる。

じわりと滲《にじ》む涙に目を閉じる。

怖かった。もうダメだと思った。

でも、奴隷に落ちることよりも、公爵家に迷惑をかけることよりも、これまでの計画が狂ってしまうことよりも、何より恐ろしかったのは『このままリーヴァイに会えなくなるのではないか』ということだった。

……ああ、わたくしは本当にリーヴァイが好きなのね。

たとえ奴隷になったとしても、主人がリーヴァイならば、きっとわたくしは喜んで奴隷に落ちるだろう。

公爵家を捨てろとリーヴァイに言われたら、捨ててしまうかもしれない。

わたくしは自分で思っている以上にリーヴァイを愛している。

泣くわたくしをリーヴァイは優しく抱き寄せ、その腕に囲ったまま、慰めるように頭を撫でてくる。一年前はもう少し背が低くて、細身で、美少年と美青年の中間といった様子だったのに、今のリーヴァイは男性的な美しい男性になっていた。

「ヴィヴィアン」

名を呼ばれて、顔を上げる。

頭を撫でていた手が頬《ほお》に触れた。

リーヴァイの顔が近づき、鼻先が触れそうなほどの距離で、リーヴァイが止まった。

「……逃げなくていいのか？」

囁《ささや》くような問いに、わたくしは目を閉じる。

唇に柔らかな感触が触れた。

控えめな、重ねるだけの優しい口付けだった。

「……わたくし、あなたを愛しているわ」

離れていく唇に囁けば、もう一度口付けられる。

「知っている」

「……でも、わたくしはわがままなの」

「知っている」

目を開ければ、間近に黄金色の瞳があった。

その瞳がジッとわたくしを見つめている。

もう一度近づいてくる唇に指を当てて止める。

「ねえ、リーヴァイ」

そっと唇を指先で辿《たど》れば、その指にリーヴァイが口付ける。

ドキドキと脈打つ鼓動はリーヴァイにも伝わっているだろう。

このまま流れに身を任せてしまえば簡単だ。

でも、わたくしはわがままだから行動だけでは足りない。

「わたくしの全てをあなたにあげる」

黄金色の瞳を見つめ返す。

「だから、あなたの全てをわたくしにちょうだい」

ふ、とリーヴァイが微笑《ほほえ》んだ。

わたくしの手を摑《つか》み、唇から指を遠ざける。

「ああ、そなたが望むなら、我の全てを与えよう」

愛しているだとか、好きだとか、そんな言葉はなかったけれど、魔王は言う。

「その代わりに、そなたの全てを我がもらい受ける」

「……ええ」

目を閉じれば、唇が重なる感触がした。

＊　＊　＊　＊　＊

さらりと手から金髪がこぼれ落ちていく。

心身共に疲れてしまったのだろう。

安心したのか、ヴィヴィアンは腕の中で眠りについた。

ヴィヴィアンの十七歳の誕生日には戻る予定ではあったが、魔族領にて以前の体を取り込み、戻ろうとしていた時に奴隷《どれい》の首輪が赤く光った。

恐らく、主人であるヴィヴィアンの危険に反応したのだろう。

戻ってみれば、公爵家にヴィヴィアンの姿はなかった。

ヴィヴィアンは魔人で、魔族よりも魔力が弱い。

王都内には少ないが魔族もいて、魔人やその子孫なども少なからずいるため、探し出すのに時間がかかってしまった。

それでも、最悪の事態にはならなかった。

部屋の扉が叩かれ、すぐに開かれる。

「ヴィヴィアン……!!」

息を切らせたルシアンが入ってきた。

唇の前で指を立てて見せれば、ルシアンは立ち止まった。

その視線はすぐにリーヴァイの腕の中で眠るヴィヴィアンへ向けられ、ホッとした様子で静かに近寄る。

「魔王様、ヴィヴィアンに怪我《けが》はございませんか？」

「襲われた際に打ちつけたのか、頭と体が痛むと言っていた。治癒《ちゆ》魔法で癒《い》やしたから今はなんともないはずだ」

「ありがとうございます」

よほど深く眠っているようで、ヴィヴィアンが起きる気配はない。

「だが、我が到着した時にはかなり魔力を消耗《しょうもう》した様子だった」

「捕縛《ほばく》した者達のうち、何名かに魅了がかかっていました。恐らく、ヴィヴィアンのものだと思います」

「なるほど」

逃げるために敵を魅了で操ったのだろう。

……貴族の娘にしては度胸がある。

ヴィヴィアンの魔力量は人間に比べれば多いものの、複数人に継続して魅了をかけるのは負担が大きかったはずだ。

魔力がかなり減っているのもそれが理由か。

触れ合っている部分から、ゆっくりと魔力を譲渡《じょうと》しているが、数日は疲労感が残るかもしれない。

「全員捕縛したか？」

「はい、捕縛した者達に魅了をかけて問いただしましたが、関係者は全て捕らえました」

「その者達はイザベルとルシアンに任せるが、殺しは許さん」

それにルシアンが微笑んだ。

「承知しております。……簡単に死なせるなど生温《なまぬる》い」

「そうだ、自ら『殺してくれ』と懇願《こんがん》しても生かせ。我が妻となる者に手を出すとどうなるか、魂に刻みつけてやるが良い」

ヴィヴィアンは優しいから許してしまうかもしれない。

しかし、イザベルとルシアンは決して許しはしない。

この二人は特にヴィヴィアンを大事にしているので、手を出した者達は地獄を見ることとなるだろう。

魔族は残虐《ざんぎゃく》な性質を持つ者が多く、イザベルもルシアンも例外ではなかった。

リーヴァイが手を下せば人間など一瞬で塵《ちり》になってしまう。

だが、人間と長く接し、擬態《ぎたい》しているこの二人ならば、加減が分かっている。

「かしこまりました」

それから、ルシアンがヴィヴィアンの寝顔を眺めた。

優しいその眼差《まなざ》しからも、心の底からヴィヴィアンの無事を喜んでいるのが感じ取れる。

そして、ヴィヴィアンの手を見るとルシアンが苦笑した。

「ヴィヴィアンは魔王様に本当に懐いておりますね」

ヴィヴィアンの手がリーヴァイの服をしっかりと握っている。

リーヴァイの腕の中で安心した様子で眠るヴィヴィアンを見て、愛《いと》おしい、と思う自己の心も面白い。

「己の全てをやるから、我の全てを寄越せと言われた」

「それはまた豪胆《ごうたん》な……魔王様はそれを受け入れたのですか？」

「ああ、その程度で済むなら安いものだ」

リーヴァイは笑って腕の中を見下ろした。

魔王の腕の中で、こんなにも穏やかに眠れる者は他にいないだろう。それがまた面白くて興味深い。

これほど心惹《ひ》かれるものは今までなかった。

だからこそ、手元にいつまでも置いておきたいと思う。

「王太子との取引期間が終われば、我が娶《めと》る」

「御意《ぎょい》。母上も反対はしないでしょう」

ルシアンの言葉にリーヴァイは笑みを深める。

少し名残《なごり》惜しそうにしながらもルシアンが部屋を出ていく。

ベッドにヴィヴィアンを寝かせて靴《くつ》を脱がせる。

ドレスの上からシーツをかけ、横にリーヴァイも寝そべった。

ヴィヴィアンの規則正しい寝息に耳を傾けながら、夜が更けていくのをリーヴァイは待つ。

……目を覚ましたら驚くだろうな。

顔を赤くするだろうか。それとも微笑むだろうか。

どちらにしても悪くない反応だと思う。

「……我も愛しているのだろう」

それが人間の言う恋愛感情と同じかは分からないが、他のどの魔族よりもヴィヴィアンを気に入っている。

魔族には魔族の愛し方しか出来ない。

たとえ「もう嫌だ」と言ったとしても、魂の最後の一欠片《ひとかけら》になったとしても、手離しはしない。

眠るヴィヴィアンの額へそっと口付けた。

「竜の執着を、身をもって知るがいい」

＊　＊　＊　＊　＊

誘拐《ゆうかい》事件が起こってから一週間後。

わたくしは何事もなく、屋敷に王太子とクローデットを招いてお茶会を行うことにした。

公爵令嬢たるわたくしが誘拐されたことは広まっていないし、王家は知っていても婚約を継続させる方向で考えているようだし、アンジュとクローデットには告げていない。

二人が口外するとは思っていないが、伝えても、余計な心配をさせてしまうだけだ。

一年ぶりに帰ってきたリーヴァイは、またわたくしの侍従《じじゅう》としてそばにいる。

リーヴァイはクローデットに興味がないようなので原作通りにはならないと分かっているけれど、人間との争いを起こさせないためにも隷属《れいぞく》の首輪はつけさせたままだ。

一足先に王太子が到着したので出迎える。

「本日はご足労いただき、ありがとうございます」

何ともありませんよと礼を執《と》ってみせると、王太子はどこかホッとした様子で頷《うなず》いた。

「ああ……その、怪我はないか？」

「はい、この通り元気ですわ」

「そうか、良かった……」

手で示せば、王太子がソファーに腰掛ける。

わたくしも向かい側のソファーへ座った。

王太子の視線がわたくしの斜め後ろにいるリーヴァイへ向けられた。どこか感心したふうにまじまじと見る。

「もしや、以前見た君の……？」

「ええ、わたくしの侍従です。少し前に里帰りを終えて戻ってまいりましたの。ふふ、なかなかの美丈夫《びじようふ》になったでしょう？」

わたくしが片手を上げれば、リーヴァイがそこへ頬擦りをした。

……あら、前より顎《あご》がしっかりしたわね。

以前の体を取り込んだと言っていたから、その影響だろうか。

少年らしさはなくなり、男性的な色香を感じさせる。

「あ、ああ……確かに、君が私を好まない理由はよく分かった」

王太子の美しさは中性的だが、リーヴァイは男性的な美しさである。

原作のリーヴァイ、わたくしが最も好きだったのは、この姿のほうだった。青少年のリーヴァイも可愛《かわい》くていい。

だが、この大人の男性という雰囲気《ふんいき》が良い。

それにどことなく悪そうな、危険な男というのも非常に惹かれる。

実際は魔王なので悪の中の悪なのだが。

「以前もそうでしたが、ご覧の通り、この国の者ではないので言葉遣いに少々問題がございまして、わたくしや公爵家以外の方とは言葉を交わさないようにさせておりますの」

「それではいつまでも不得手《ふえて》なままではないか？」

「今は使用人相手に練習中ですわ」

別に言葉に不自由はしていないが、何せ魔王なので、言葉遣いというか態度が不遜《ふそん》である。

そのまま貴族と接すれば絶対に問題が起こるだろう。

そもそも、リーヴァイは人間が嫌いだ。

嫌いな人間とは必要以上に言葉を交わすつもりはないようで、侍従としてついてきても、わたくし以外と話すことはなかった。

恐らく今後もそうだと思われる。

「そうそう、先日の誘拐事件につきましては、クローデットにも秘密にしていただけますかしら？」

「それは構わないが……何故と訊いても？」

「余計な心配をさせたくないのです。こうしてわたくしは無事ですのに、お友達を暗い顔にさせたくはありませんわ」

王太子は一瞬、物言いたげな顔をしたものの頷いた。

「分かった。私もクローデットの悲しむ顔は見たくない」

お互いに頷き合っていると応接室の扉が叩かれる。

恐らくクローデットが到着したのだろう。

入室の許可を出せば、メイドがおり、予想通りクローデットが現れた。

既に王太子がいることに驚いた様子で慌てて頭を下げる。

「本日はお招きいただき、ありがとうございます。お二人をお待たせしてしまい申し訳ございません……！」

「クローデット、謝ることはない。早く君に会いたくて私の気が急《せ》いてしまっただけだ」

立ち上がった王太子がクローデットに歩み寄り、手を取って、二人でソファーへ座る。

「殿下も今いらしたばかりですもの、クローデットが謝罪をする必要はないわ」

わたくしもそう言えば、クローデットはホッとした様子で微笑《ほほえ》んだ。原作のヒロインだけあってとても可愛らしい。

それから、クローデットの視線がわたくしの後ろへ向けられた。

「ヴィヴィアン様の侍従さんもお久しぶりですね。やはり、ヴィヴィアン様のおそばにいてお似合いなのはあなただと思います」

クローデットの言葉にリーヴァイが目礼を返す。

リーヴァイとお似合いだと言ってもらえるのは嬉しい。

「ありがとう、クローデット。あなたと殿下もとてもお似合いよ」

ニコリとクローデットが嬉しそうに微笑んだ。

「今日お招きしたのは今後についてお話をするためです。もうすぐクローデットのデビュタントがあるでしょう？　そろそろ動く時期ですわ」

わたくしの言葉に王太子が頷いた。

「君との婚約破棄《はき》だな」

「ええ、そうですわ」

大勢の前でわざと大々的に婚約破棄をする。

沢山《たくさん》の目撃者がいる以上、王族の言葉をなかったことには出来ない。

しかもランドロー公爵家に対してその所業である。

とてもではないが婚約関係は継続出来なくなる。

「ですが、本当にヴィヴィアン様は大丈夫なのでしょうか？　陛下のお決めになられたことを覆《くつがえ》すなんて……」

クローデットはわたくしが罪に問われないか心配しているらしい。

「大丈夫よ。わたくしは婚約破棄を一方的に告げられるだけですもの。これに関して責任を負うのは殿下になるわ」

「『身勝手な王太子が婚約を一方的に破棄して新たな婚約者を選ぶ』ということになれば、ランドロー公爵令嬢には非はない。まあ、そうは言えども王太子の顔色を窺《うかが》って令嬢への婚約打診はないだろうが」

この一年、王太子とは夜会にも共に出たけれど、わたくし達の間にあるのは取引相手との繋《つな》がりだけで、そこにそれ以上の感情はない。

「……そう考えると私のほうが損な役回りではないか？」

王太子が小首を傾《かし》げたので、わたくしは微笑む。

「まあ、今更お気付きになられましたの？　ですが、わたくしも『婚約破棄された令嬢』となるのですから、似たようなものではございませんか」

貴族の令嬢にとっては致命的だ。

……わたくしにはなんの痛みもありませんけれど。

むしろ他の貴族と結婚するような事態にはならないので、わたくしには利点しかない。

「動くとするならば、やはり王家主催の夜会か」

「はい、わたくしはクローデットのデビュタント当日が良いと思いますわ。今は次期王太子妃の侍《じ》女《じょ》にさせたいからとクローデットの婚約を見送らせておりますけれど、デビュタントしたクローデットに求婚する者が出てきたら面倒ですもの」

クローデットへ視線を向ければ頷き返される。

「我が家は伯爵家なので、より上の爵位の方に求婚されたら断れないと思います。お父様は結婚させようとするでしょう」

デビュタントと同時に王太子がわたくしと婚約破棄をし、クローデットに求婚することで、この話は一瞬で皆の知るところとなる。

その後は二人とも大変だろうが、それに関しては二人の努力次第なのでわたくしにはどうしようもない。

王太子妃教育は出来る限りクローデットにそのまま教えたけれど、両陛下に気に入られるかどうかは別の問題だ。

……それについては既に考えがある。

「お父様がクローデットを養子にするとおっしゃってくださったので、殿下とクローデットの婚約の後押し程度ならば出来ますわ。ランドロー公爵家から嫁《とつ》ぐとなれば、我が公爵家と王家の繋がりは強固なものとなるでしょう」

調べたが、クローデットの実母は元侯爵令嬢で、その家には二代前に王家の王女が嫁いでいるので、血筋としても悪くはない。

血筋も爵位も教養も問題がなければ反対されないだろう。

国王陛下は自分の思い通りにならないことに腹を立てるかもしれないが、婚約破棄騒動を起こせば、わたくしにもう一度婚約しろとは言い出せないはずだ。

「本当か？」

「ふふ、お父様はああ見えてわたくしに甘いのです。わたくしが殿下と婚約することも元々反対しておりましたし、クローデットの後見役として養子縁組をすることは公爵家にとっても悪いことではございませんわ」

「そうか、公爵にも君にも頭が上がらないな」

原作ではかなり気が強くて、主人公のクローデットを引っ張っていく王子だったエドワードだが、こうして接してみると少し印象が変わった。

……本当にクローデットを愛しているのね。

手を取り、微笑み合う二人は仲睦《なかむつ》まじく、いつか二人が結婚すれば王妃の友人という立場にわたくしはなるだろう。

わたくし達は原作通りにはならない。

「それでは、計画通りにお願いいたします」

頷《うなず》く二人は真剣な表情だった。

＊　＊　＊　＊　＊

「──……それで、これは何かしら？」

王太子とクローデットが帰った後。

どういうわけかリーヴァイに抱き締められていた。

……嫌ではないからいいのだけれど。

まるでわたくしを捕まえておくかのように抱き寄せ、がっしりとした手は固くわたくしを閉じ込める。

部屋に戻ってきてから、ずっとこんな状態である。

「少し妬《や》けるな」

額に口付けられるとくすぐったい。

「あら、もしかして殿下のことかしら？」

「ああ」

「確かにわたくし達は婚約しているけれど、取引相手というだけで、それ以上でも以下でもないわ。それにもうすぐ婚約破棄するもの」

手を伸ばしてリーヴァイの頬《ほお》に触れる。

「分かっているが、他の男のものだというのは面白くない」

わたくしの手を取り、掌《てのひら》に口付けるリーヴァイは不満そうで、それがなんだかとても可愛《かわい》く見えてしまう。

そのまま引き寄せて頬へ口付ける。

「わたくしはあなただけのものよ」

リーヴァイがこちらへ顔を向ける。

「お父様もお母様も、お兄様だって認めているじゃない」

顔を寄せ、リーヴァイにもう一度口付ける。

……これが夢だと言われても信じるわ。

推《ま》し《おう》がわたくしのものだなんて。

思わずうっとりと眺めていれば、リーヴァイが顔を離した。

「ヴィヴィアン、そなたが愛しているのは我か？　それとも魔王か？」

リーヴァイの問いにわたくしは微笑んだ。

「さあ、どちらだと思う？　わたくしは『リーヴァイ』を愛しているわ。でも、同じくらい『ディミアン』も好きよ」

「我を愛しているとは言わないのだな」

「だって事実ですもの。わたくしがあなたを愛するきっかけになったのは『ディミアン』で、だけど、今の『リーヴァイ』も愛しているの。……ごめんなさいね」

引き寄せて、もう一度頬へ口付ける。

それからリーヴァイの頭を引き寄せ、膝の上に誘導する。

不満げな顔をしつつも素直に膝の上に頭を乗せて、ソファーの上で少し窮屈《きゅうくつ》そうに横になるのだから、やっぱり可愛い。

「他の男性との結婚話を抑えるために殿下と婚約しているだけよ。愛しているのはあなただけ。あなたに嘘は吐かないわ」

リーヴァイが小さく笑った。

「まるで悪女の囁《ささや》きだな。我はそなたに騙《だま》された哀れな男か」

「あら、騙すなんて人聞きが悪いわ」

それに最初から嘘は吐いていない。

原作のヴィヴィアンも悪女であった。

自分の目的のためなら他を顧《かえり》みないところは、今のわたくしにもあって、だからこそわたくしはわたくしこそがヴィヴィアン・ランドローだと断言出来る。

「わたくしの記憶を覗《のぞ》いたのだから、わたくしが悪女だということは知っているでしょう?」

リーヴァイの頭を優しく撫《な》でる。

癖《くせ》のあるふわふわの銀髪は触り心地が好い。

「魔王を誑《たら》し込むなど、想像以上だ」

「それに関してはわたくしのせいではないわ。あなたがわたくしに落ちたのがいけないのですもの」

「ふ、本当に悪女だな」

愉快そうに笑うリーヴァイにわたくしも微笑み返す。

……でも、わたくしは本当に悪い女なのよ。

原作でヒロインが彼を助け、愛を注ぐことでヒロインに心を開くようになったのを、わたくしも利用した。

そうすればリーヴァイの心がわたくしに向くと分かった上で、優しく甘やかしたのだ。

そして、きっとリーヴァイもそのことに気付いている。

「悪女はお嫌い？」

そっとリーヴァイの頬に触れる。

顎《あご》の形を指で辿《たど》れば、くすぐったそうにリーヴァイが目を細めた。

「いいや、魔王の横には悪女が似合うだろう」

「そうでしょう？」

絶世の美女であるお母様とそっくりな容姿のわたくしならば、リーヴァイの横に並んでも見劣りはしない。

「ああ、魔王の妻らしくていい」

そうしてふと気付く。

「わたくしがあなたと結婚するなら、お兄様はあなたの義兄になるのね」

「ふむ、言われてみればそうだな」

「あなたも一緒にお兄様を『お兄様』と呼ぶ？」

「ははは、ルシアンの驚く顔を見るのも一興だ」

おかしそうにリーヴァイが声を上げて笑う。

けれど、その様子には嫌そうな感じはなかった。

翌朝、お兄様と顔を合わせたリーヴァイが、お兄様のことを「今後は義兄上《あにうえ》と呼ぶべきか？」とからかっていた。

お兄様がギョッとした顔で首を振って断っていた。

「そんな畏《おそ》れ多い……！」

「良いではないか義兄上」

「ひっ!?　お、おやめください、魔王様!!」

珍しく弱腰のお兄様を見ることが出来て、少し面白かった。

後ほどお兄様に訊いてみたら、崇拝《すうはい》する魔王様に『義兄』と呼ばれると心臓が縮み上がるような思いがしたそうだ。

「特別なのはヴィヴィアンだけだよ。僕達はあくまで『ヴィヴィアンの家族だから』気軽に声をかけてもらっているだけさ」

だからありがとう、とお兄様に頭を撫でられた。

「魔王様に声をかけていただけるのは名誉なことなんだ」

そう言ったお兄様は本当に嬉しそうだった。

魔族にとって、魔王という存在は非常に重要なのだろう。

わたくしは何もしていないけれど、お兄様から感謝の言葉をもらえたことは嬉しかった。

＊　＊　＊　＊　＊

誘拐《ゆうかい》事件から一ヶ月、ついに王家主催の夜会の日となった。

今日の王太子は青色の装《よそお》いをすると聞いていたので、あえてわたくしは赤いドレスを着て向かう。

いつもより全身の手入れをしっかり行い、ややキツめに見える化粧《けしょう》を施《ほどこ》してもらい、美しいながらもどこか毒のある雰囲気《ふんいき》を漂わせている。

これならばデビュタントで白い装いの、清純そうなクローデットと良い対比となるだろう。

王太子がわたくしではなくクローデットを選ぶ要素として『毒婦』もしくは『悪女』という言葉が出てくる予定だ。

その言葉が似合うようにしたのである。

「どうかしら、リーヴァイ？」

そして、今日の夜会にわたくしはリーヴァイを連れていく。

会場に入らなくとも、王城にまで連れていくほどのお気に入りの侍従《じじゅう》がいるという姿を皆に見せ、王太子の婚約破棄《はき》も致し方なしと思わせる。

これならば王太子だけが悪にはならないし、わたくしも、その後に他の貴族を宛《あて》がわれることもない。

振り返れば、リーヴァイが微笑《ほほえ》んだ。

「素晴らしく美しい悪女に見える」

「魔王を誑し込んでいてもおかしくなさそうなくらい？」

少しだけ茶化してみれば、リーヴァイが近づき、わたくしの肩にそっと触れる。

そうして指先で肩の形をなぞるように首へ辿っていく。

「お望みならば跪《ひざまず》いて愛を捧げようか？」

そのまま引き寄せられて口付けられそうになったので、リーヴァイの唇に指を当てて止める。

「ダメ、お化粧が崩れてしまうわ」

「そのほうが『奴隷《どれい》に入れ込んでいる令嬢』らしくて良いのではないか？」

「あら、言われてみればそうね」

わたくしの止めた手を外し、リーヴァイに口付けられる。

離れたリーヴァイの唇に紅がついてしまっていた。

「でも、本当はあなたが口付けをしたいだけでしょう？」

リーヴァイは小さく笑うだけだった。

「まあいいわ」

手を差し出せばリーヴァイが恭《うやうや》しくわたくしの手を取り、エスコートしてもらいながら部屋を出る。

玄関ホールへ行けば、お兄様が既に待っていた。

わたくしを見てお兄様が微笑む。

「普段のヴィヴィアンも美しいけれど、今日はいっそう美しいね。その美しさで数多《あまた》の人間を堕落《だらく》させる悪魔と言われたら信じてしまいそうだよ」

「ありがとうございます。お兄様も変わらず素敵ですわ」

わたくしが婚約してからはお兄様にエスコートをしてもらう機会が減り、お兄様はそれを残念がっていた。

婚約破棄されれば、またお兄様の出番となるだろうが。

「あら、待たせてごめんなさいね」

お母様とお父様も準備を整えてくる。

相変わらずお母様は美しいし、お父様は素敵だし、お兄様はかっこいいし、我が家は公爵家という立場に相応《ふさわ》しい美男美女揃いである。

全員で馬車に乗り、王城へと向かう。

わたくしの誘拐事件があってから、警備を見直し、よりしっかりと護衛がつくこととなった。

今夜は全員で動くので警備は厳重だ。

馬車が街中をゆっくりと走っていく。

婚約破棄をされると分かっているのに心は軽やかだ。

馬車が王城に到着し、お父様達とは会場の手前で別れる。

……わたくしは王太子と入場だものね。

使用人の案内を受けて別室へ移動する。

たった一年だけれど、王太子の婚約者という立場もなかなかに悪くなかったと思う。

王妃を通じて社交を広めてみたり、王族の歴史や礼儀作法《れいぎさほう》を学ぶのも良い時間だったたし、クローデットにそれを教えるのも案外楽しかった。

貴族の令嬢として『王太子の婚約者』ほど名誉な立場はない。

……でも、わたくしには少し窮屈《きゅうくつ》だわ。

別室に着くと王太子が待っていた。

「来たか」

冷たい声にわたくしも形だけの微笑みを浮かべる。

王太子はわたくしの返事に興味がないといった様子で近づいてきて、腕を差し出される。その腕に手を添えた。

そうして二人で無言のまま、会場となる舞踏の間へ向かう。

使用人達が下がり、部屋を出て、廊下《ろうか》を歩く。

「……覚悟は出来ているか？」

歩きながら問われて微笑んだ。

「そのようなものは、殿下に話を持ちかけた段階で済ませておりますわ」

「そうか」

ふ、と殿下が一瞬笑った。

そして舞踏の間へ到着する。

王太子が騎士に頷《うなず》き、会場への扉が開かれた。

王太子とわたくしの入場を告げる声が響く。

大勢の視線を受けながら二人で入場した。

王太子の婚約者として、他の貴族よりも一段高い位置に王太子と共に立つ。

両陛下が入場し、集まった貴族に対して挨拶《あいさつ》をしている。

王太子が前を向いたまま、ほとんど口を動かさずに囁《ささや》く。

「……いつ行う？」

「わたくし達が踊る際にしましょう」

「分かった」

陛下挨拶が終わり、わたくしと王太子のダンスの時間となる。

王太子と共に下りて舞踏の間の中心へ進み出る。

曲が鳴り、わたくしと王太子が互いに向き合う。

そして本来ならば手を取って踊りが始まる。

誰もがそう思っているだろう。

だが、王太子はわたくしの横をすり抜けていく。

全員の視線が王太子を追い、王太子は人々の中からクローデットの手を取り、わたくしを見た。

自然とわたくしと二人との間にいた人々が道を開ける。

「ランドロー公爵令嬢!!」

王太子が音楽をかき消すほどの大声でわたくしを呼ぶ。

それに思わずといった様子で楽団が動きを止め、シンと会場内が静まり返った。

全員の視線がわたくし達に注がれている。

「私、エドワード・ルノ＝シャトリエはヴィヴィアン・ランドロー公爵令嬢との婚約を今ここで破棄する!!」

ざわりと人々が騒めいた。

「まあ、婚約破棄だなんて。理由をお聞かせ願えますでしょうか?」

わたくしの問いに王太子がわたくしを睨《にら》むようにする。

「ランドロー公爵令嬢、貴様のことは最初から気に入らなかった。王太子の婚約者という立場でありながら、男の奴隷に入れ上げていた。……いや、そもそも、私にはずっと想い合う相手がいたのだ」

「想い合う方とは、そちらの方ですの?」

「そうだ。貴様のような悪女と違い、クローデットは清らかで純粋な心を持つ、慈悲《じひ》深い令嬢である」

王太子の言葉にクローデットが慌てた様子で言う。

「そんな、エドワード様……！　ヴィヴィアン様は決して悪女などではありません……！」

それは予定にはないものだったが、王太子が励《はげ》ますようにクローデットの手をしっかりと握る。

「大丈夫だ、クローデット」

「エドワード様……」

……クローデット、我慢してちょうだい。

わたくしを悪く言ったことに対してクローデットは不満だったようだけれど、王太子が上手《うま》く話の流れをつくってくれた。

「ランドロー公爵令嬢との婚約を破棄し、私は、ここにいるクローデット・バスチエ伯爵令嬢を妻とする!!　私は彼女以外と結婚をするつもりはない!!」

ガタンと音がして、顔を向ければ、王族席で王妃様が倒れてしまっていた。あまりに予想外のことで気を失ったらしい。

わたくしは微笑み、よく通るようにやや声を張り上げた。

「かしこまりました。婚約破棄されて差し上げますわ」

王太子が婚約破棄を突きつけ、公爵令嬢が受け入れた。

その瞬間、貴族達の騒めきがいっそう大きくなった。

不仲だとは分かっていたけれど、まさか公衆の面前で婚約破棄をするとは誰も想像がつかなかったことだろう。

「っ、エドワード、ランドロー公爵令嬢、下がれ！」

陛下の怒りを含んだ声にわたくしは礼を執《と》る。

騎士達が来て、わたくしだけでなく、王太子とクローデットを別室へ連れていく。

部屋に到着するとすぐにお父様達もやって来た。

「ヴィヴィアン、大丈夫かい？」

お兄様が駆け寄り、わたくしをそっと抱き締める。

「ええ、わたくしはなんともありませんわ」

お父様とお母様の後ろにちゃっかりリーヴァイがいた。

お父様達は不愉快ですと言わんばかりに王太子とクローデットを見たが、それは演技である。

騎士達が室内にいて、ここで話した内容は両陛下に伝わってしまうため、迂闊《うかつ》に話すことが出来ない。

それから、バスチエ伯爵が遅れてきた。

真っ青な顔色で冷や汗が止まらないらしく、頻《しき》りにハンカチで額を拭《ぬぐ》いつつ、入室した。

だが、わたくし達を見ると床に膝と両手をつき、頭を下げる。

「も、申し訳ございません……!!」

バスチエ伯爵はまるで死刑宣告をされた罪人のように、謝罪の言葉を繰り返し、娘の行動に目が行き届いていなかったことを懺悔《ざんげ》していた。

そんなバスチエ伯爵にお父様が声をかける。

「バスチエ伯爵、この件については両陛下がお越しになられるまで、我々だけで話すことは出来ない。とりあえず立ちたまえ」

「は、はい……!」

慌てて立ち上がったバスチエ伯爵が、クローデットを睨んだため、クローデットは悲しげに俯《うつむ》いた。

貴族の令嬢は親の決めた相手と結婚するのが当たり前で、それは義務でもあり、このような騒ぎを起こすなどあってはならないことだった。

シンと静まり返った室内の空気は重苦しい。

お父様達とバスチエ伯爵はソファーに座り、リーヴァイは壁際に控え、王太子とクローデット、わたくしは立ったまま。

しかし、沈黙は長続きすることはなかった。

部屋の扉が開き、国王陛下が入ってきた。

全員が立ち上がり、礼を執ったが、陛下は手を上げてそれに応えるとソファーに腰掛ける。

陛下が座ったことで、お父様達も腰を下ろした。

「それで、エドワードよ。これは一体どういうことだ？」

怒鳴ってはいないものの、陛下の声には怒気が含まれていた。

気が弱いのかバスチエ伯爵の背筋がキュッと伸びる。

けれども王太子はまっすぐに陛下を見る。

「先ほどご覧になられた通り、私はランドロー公爵令嬢との婚約を破棄《はき》し、こちらのクローデット・バスチエ伯爵令嬢と結婚します」

「何故だ。公爵令嬢のほうが美しく、聡明で、血筋も爵位も欠点がない。次期王妃としての風格もある」

「ですが、公爵令嬢は昔から奴隷《どれい》に入れ上げています。そんな者を王妃には出来ません。それに、私にはずっと心を通わせていた相手がおります」

陛下の視線がクローデットへ向けられる。

クローデットは一瞬、怯《ひる》みそうになっていたけれど、背筋を伸ばすと立ち上がって美しい礼を執った。

時間は短かったが、クローデットには厳しく教育した。

そのおかげかわたくしに引けを取らないほどの美しい所作《しょさ》に、陛下が驚いた様子でクローデットを見る。

「クローデットは伯爵家でありながらも慈善《じぜん》活動にも意欲的で、この通り礼儀作法《れいぎさほう》にも明るく、問題行動もありません。伯爵令嬢という身分では王太子妃として足りないというのであれば、より上の家格に養子に入り、嫁《とつ》げば問題ないはずです」

「だが、血筋が――……いや、バスチエ伯爵家に嫁いだのはウィンザード侯爵家の令嬢だったか。確か、何代か前に王女が侯爵家に降嫁《こうか》したが……」

「はい、クローデットには王家の血が流れています」

伯爵家だが、血筋に問題はない。

伯爵家と侯爵家の血だけでなく、王家の血も引いている。

そうなれば問題なのは爵位と能力だけだ。

「バスチエ伯爵令嬢がランドロー公爵令嬢よりも優れているとは思えない」

陛下の言葉にクローデットが僅《わず》かに唇を噛《か》み締める。

わたくしは思わず笑ってしまった。

「陛下。でしたら試験期間を与えて差し上げてはいかがでしょうか？　どちらにせよ、わたくしは大勢の前で婚約破棄を言い渡されてしまったので、殿下との婚約関係は続けられませんわ」

「ランドロー公爵令嬢、そなたは悔《くや》しくないのか？　公衆の面前であのような屈辱《くつじょく》を受けたのだぞ？」

「不快ではありますが、王族の決定に従うのが臣下というものでございます」

わたくしを見て、公爵家を見て、王太子とクローデットを見て、陛下が何かに気付いたような顔をする。

本来であれば公爵であるお父様は『公爵家の名誉を汚された』と怒り狂い、王太子への処罰と娘への誠実な対応を求めるはずだ。

けれども、お父様もお母様も一度も王太子を責めていない。

わたくしも平然としており、王太子も一度も公爵家への謝罪の言葉を口に出していない。

まるで、そうする必要がないというようだ。

「そなた達、まさか……」

陛下の顔に怒りが浮かぶ。

王太子と公爵家が共謀《きょうぼう》して、婚約を破棄した。

その事実に辿《たど》り着いたのだろう。

お父様が素知らぬ顔で口を開いた。

「王太子殿下の一方的な婚約破棄で我が公爵家の名誉に傷が付きました。いくら王家とは言え、公爵家を軽んじられては困ります」

「これはそなた達が仕組んだことであろう!?」

「まさか、そのようなことをして我が家に利点はありません」

陛下の追及をお父様はさらりと躱《かわ》す。

「しかし、一人の男として、愛する女性と結婚したいという王太子殿下のお気持ちは理解出来ます。私も妻と結婚するために奔走《ほんそう》した覚えがありますので」

お父様の言葉に王太子がお父様とお母様を見る。

……そういえば、お母様は他国の貴族の出ということになっているのよね？

それで、お父様は本当なら国内の有力貴族と結婚するはずだったのだが、反対を押し切ってお母様と結婚したと昔聞いたことがある。

お母様はほとんど家出同然で出てきたため、実家とは縁が切れてしまって帰れないのだとか。

実際は魔族なので、恐らく他国の貴族に魅了をかけて操った上で実子のふりをして潜入し、お父様に近づいたのだろう。

「このまま婚約を続けたとしても、次代の王は望めないと思いませんか？　それならば愛する者同士で結婚し、次代が生まれたほうがよろしいでしょう」

それに誰も反対しない。

バスチエ伯爵は理解が追いつかないのか戸惑っているばかりだし、公爵家はお母様もお兄様もわたくしも反対しない。

「そちらの令嬢の爵位が問題であれば、我が家と養子縁組を行い、ランドロー公爵家の者として嫁がせれば公爵家と王家との間の繋《つな》がりも維持出来ます」

「ク、クローデットが公爵令嬢になるのですか……!?」

「バスチエ伯爵家は公爵家と王家、両方と繋がりが出来て、伯爵位の中でも家格が上がるでしょうな」

お父様の言葉にバスチエ伯爵の目が輝く。

……上昇志向はあるようね。

目の前にぶら下げられた餌《えさ》に釣られている。

それにかじりつき、クローデットを差し出しても、実際にはバスチエ伯爵家への恩恵はそれほどない。

クローデットは公爵令嬢となってから王家に嫁ぐので、王妃の実家と言ってもさほど力は持てないし、今までの扱いのせいでクローデットは実家と距離を置くだろう。

伯爵家は政略結婚の手駒《てごま》を一つ失う。

王太子もクローデットが伯爵家でどのように扱われてきたか知っているので、バスチエ伯爵と懇《こん》意《い》にするとは思えない。

「やはり謀《たばか》ったな？」

陛下の唸《うな》るような声にお父様は平然と返す。

「さて、なんのことやら」

陛下はしばし眉根《まゆね》を寄せて考えていたものの、はあ、と大きく溜め息を吐くとソファーにもたれかかった。

このままわたくしと王太子の婚約関係を維持させることは出来る。

ただし、その場合は国中に不仲が知られた王と王妃になり、子が生《な》せるかどうかも分からず、ランドロー公爵家との関係にも亀裂が入る。

ここでわたくしと王太子の婚約をやめ、クローデットと王太子を結婚させれば跡継ぎの問題で心配する必要もなく、ランドロー公爵家に養子に入って嫁ぐため、公爵家との軋轢《あつれき》を生まずに済む。

何より、王族の言葉を簡単に覆《くつがえ》すわけにはいかない。

たとえ王太子の独断であったとしても、王族が言葉を発した以上、よほどのことでなければそれを通すしかなかった。

陛下は頭が痛いといったふうにこめかみに指を当てた。

「……分かった。エドワードとランドロー公爵令嬢の婚約は解消とする。理由は王太子の勝手な振る舞いによるものだ」

公爵令嬢《わたくし》の名誉も、ランドロー公爵家の名誉も傷付けない方法だ。

「そして、バスチエ伯爵令嬢がランドロー公爵家と正式に養子縁組を行うのであれば、エドワードとの婚約を許可しよう」

それに王太子とクローデットの表情が明るくなる。

だが、陛下は「ただし！」と言葉を続けた。

「二年は仮の婚約期間とする。その間に王太子妃教育を行い、相応《ふさわ》しくないと判断した場合は婚約を解消させる。それから更に二年の正式な婚約期間を経て、問題がなければ結婚を認めよう」

つまり、クローデットは十八歳まで王太子妃教育を学び、王族になる者としての品格や思考、言動などに問題がないか確認し、その後の二年で王太子妃に相応しい手腕があるか問われるということだ。

最初の二年はとてもつらいだろう。

王妃はきっとクローデットを良く思わないし、社交に関して助けてはくれないかもしれない。

そこはわたくしとアンジュ、あとはお母様の力も借りて、クローデットを後押しすればなんとかなる。

しかし上級貴族の礼儀作法の教育を受けつつ、王太子妃教育も受け、今までの慈善活動や社交も加えるとクローデットが耐えられるかどうかは彼女次第である。

……この一年、わたくしでさえ苦労したもの。

クローデットも優秀なので、出来なくはないだろう。

十八を迎えたら、今度は正式な婚約者として王太子妃に相応しいかどうか、その手腕を見るために、王妃について国内の社交だけでなく外交も行うようになるはずだ。

もしどこかで失敗し、相応しくないと判断されれば、婚約は解消されて王太子は他の令嬢が当てがわれる。

クローデットも結婚適齢期を過ぎてしまうから、他に条件の合う相手を見つけることは難しい。

それだけの覚悟があるか、と陛下は問うているのだ。

クローデットもそのことに気付いたようだ。

真剣な眼差《まなざ》しで陛下を見返した。

「エドワード様と結婚するためなら、どのような努力も惜しみません。たとえエドワード様と添い遂《と》げることが叶わなくても、わたしは生涯《しょうがい》、エドワード様への愛を貫きます」

貴族の令嬢が結婚せずにいるというのは体裁《ていさい》が悪い。

陛下の前で『エドワード以外と結婚はしない』と誓ったのだ。もしクローデットが他の者と結婚しようとしても、陛下は許可を出さないだろう。

結婚出来ず、行き場を失った令嬢は修道院へ入れられる。

そうなれば簡単には貴族に戻れないし、修道院での生活は貴族の令嬢にとっては厳しく、つらく、不名誉なことだ。

「クローデット……」

王太子が感動した様子でクローデットの名を呼ぶ。

陛下はもう一度溜め息を吐くと頷《うなず》いた。

「そこまで言うのであれば、今後の四年間で覚悟を見せよ。余《よ》は会場へ戻る。そなた達も会場へ戻るのだ」

恐らく貴族達は王太子とクローデットの関係に対し、あまり良い感情は持たないだろう。

家同士の契約である婚約を勝手に破棄したのだ。

そのような者達は信用出来ないと言われても仕方がない。

二人はそこから、皆の信用を得なければいけなくなる。

「ランドロー公爵令嬢は今夜はもう帰るがいい」

わたくしが二人を手伝うことは許されないようだ。

お父様とお母様、お兄様が残るなら問題はないだろう。

「かしこまりました」

そうして、陛下が立ち上がり、王太子とクローデットがその後を追う。

部屋を出る直前、王太子とクローデットはわたくし達に一礼した。

「では、わたくしは帰りますわ。お父様、お母様、お兄様、あとはよろしくお願いいたします」

わたくしはリーヴァイと共に一足先に公爵邸へと帰った。

王太子の婚約者ではなくなったと思うと気分が軽くなる。

……これでわたくしは自由の身ね。

＊　＊　＊　＊　＊

その後、王太子とクローデットの仮の婚約は貴族から認められた。

けれども王太子の婚約者候補は何人か選ばれるそうで、クローデットは彼女達と比べられることとなる。

上級貴族の令嬢ばかりだから、クローデットは今まで以上に努力し、成果を見せる必要がある。

だが、意外にも王妃はクローデットを拒絶しなかったそうだ。

王太子が王妃に説明し、全ては自分の責任だと伝え、クローデットへの気持ちは本物だと説得したらしい。

……なかなかやるわね。

クローデットは人の話を聞き、素直で真面目《まじめ》で、人当たりの良い子なので、王妃とも案外すぐに仲良くなれるかもしれない。

わたくしも社交については継続し、顔を広げるというよりかは『クローデットとの仲は良好』だと周囲に理解させた。

クローデットと仮にでも婚約出来たことで、王太子はわたくしへの冷たい態度をやめた。それに周囲の貴族達は驚いていたが、聡い者ならば恐らくある程度は今回の件について察しただろう。

たまに夜会などで「今後はどうするのか」と問われたりもするが、わたくしはその度《たび》にこう答えている。

「わたくしも愛を貫こうかと」

誰もが驚いた顔をしていたが、それが気持ちいい。

中にはわたくしに求婚しようと考えていた者もいたようだけれど、こう答えれば皆、諦めた。

わたくしは相変わらずリーヴァイを連れ歩いていたから、いくら公爵家と繋《つな》がりを持てたとしても、周囲からの好奇の目や噂《うわさ》の的《まと》になるのは耐えられないということだ。

わたくしは王太子妃教育がなくなり、その余暇を楽しく過ごしている。

「ヴィヴィアン、我はいつまで『待て』をしていればいい？」

わたくしを抱き締め、リーヴァイが言う。

「そうね、そろそろいいかもしれないわ」

婚約は解消となった。

本来ならば婚約を解消または破棄《はき》してから、すぐに新たな婚約を結ぶのはあまり褒《ほ》められたものではないのだが、わたくしがいつまでも一人だとクローデット達も気にするだろう。

「お父様とお母様とお話をして、わたくし達の婚約を決めましょう。奴隷《どれい》と公爵令嬢の婚約だなんて皆、驚くわね」

「それが実は魔王だなどと誰も思うまい」

「ふふ、人間を欺《あざむ》いて魔族と通じるわたくしはまさしく悪女だわ」

もし魔人であることや、魔王の妻であることが知れ渡ったとしても、この国を脱出すればいいだけのことだ。

「他の人間を騙《だま》すのは胸が痛むか？」

「誰しも他人に言えないことの一つや二つはあるわ。それにわたくし、自分を『人間です』と言った覚えはないもの」

「なるほど、嘘ではないな」

「皆が勘違いしているだけですわ。まあ、分かっていてそのままにしてはおりますけれど、訊かれたらきちんと答えますわよ」

リーヴァイがわたくしの額に口付ける。

「ヴィヴィアン、やはりそなたは良いな」

わたくしはリーヴァイの頬《ほお》に手を添えて引き寄せる。

「当然ですわ。だってわたくしですもの」

今日はわたくしのほうから口付けた。

ふ、とリーヴァイが嬉しそうに目を細める。

推しの魔王様のバッドエンドを回避するために本人を買ったら、まさか愛されることになるなんて。

……人生は何があるか分からないものね。

だが、だからこそ人生は面白いのかもしれない。

＊　＊　＊　＊　＊

「おかしいわ……」

小さな燭台《しょくだい》に照らされた薄暗い室内の中、呟《つぶや》く声がする。

柔らかな茶髪に緑の瞳をした少女——……プリシラ・バスチエは小首を傾《かし》げていた。

「……ヒロインは私のはずなのに」

腹違いの姉、クローデット・バスチエが王太子の婚約者となった。

プリシラの母である伯爵夫人は驚き、伯爵である父は「いずれ我が家は王妃の生家となる」と喜んでいたが、本来、この世界はプリシラのための場所だった。

原作ではクローデットがヒロインで、彼女と攻略対象達との恋物語を楽しむゲーム。

しかし、プリシラはこの世界に転生した。

そして、クローデットの位置はプリシラのものとなった。

だが、本来の世界とは色々と差異が生じていた。

魔王ディミアンを虐《しいた》げているのはバーンズ伯爵夫人のはずだったのに、何故かディミアンを連れ歩いているのはヴィヴィアン・ランドローで。

しかもそのヴィヴィアン・ランドローはクローデットと仲が良いらしい。

王太子とヴィヴィアンが原作通りに婚約したので、大筋は同じなのだろうと思っていたら、原作ではもっと後にあるはずの二人の婚約破棄騒動が先日起こった。

それだけでなく、王太子が選んだのはクローデットだった。

王太子はプリシラの『推し』ではないので別にそのこと自体は構わないが、王太子に近づき、そこから『推し』に近づこうという作戦は難しくなる。

一度、ヴィヴィアン・ランドローと敵対してしまったが、なんとか彼女と繋がりを得ようとしても、クローデットは公爵家に一緒に連れていってくれないし、両親にはついていこうとすると止められるし、噂のほうも失敗してしまった。

ヴィヴィアン・ランドローに近づくのは難しい。

悪役相手だからと敵対してしまったのは失敗だった。

わざと彼女の良くない噂を他の令嬢達に広めさせて、庇《かば》えば、ヴィヴィアンのほうから声をかけてくれるだろうと思ったがそれもない。

「……ルシアン様……」

プリシラの『推し』はルシアン・ランドローだった。

輝くような金髪に鮮やかな紅い瞳を持つ、美しい公爵令息。

プリシラが彼と出会うにはデビュタントを待つか、ヴィヴィアン・ランドローに近づいて接触するしかない。

それなのに、姉のクローデットは「あなたは招待されていないから連れていけないの」と言う。

プリシラが「お友達なら招待してもらえるようお願いして」と言っても聞いてくれない。

以前のお茶会の件をクローデットも知っているようだ。

原作でもヴィヴィアン・ランドローは悪女で、好き嫌いが激しい令嬢だったので、もしかしたらまだ根に持たれているのかもしれない。

謝りたいと伝えてもクローデットは懐疑的な目を向けるだけで、頷《うなず》くことはなかった。

「でも、もうすぐきっと会える……！」

プリシラが十六歳を迎えれば、全てが変わるだろう。

両親はまたプリシラのお願いを聞いてくれるようになるだろうし、クローデットもプリシラの言葉を無視出来なくなる。

ヴィヴィアン・ランドローに近づかなくても、恐らく『推し』のほうから近づいてきてくれるはずだ。

そうなればあとはプリシラの望み通りだ。

誰もがプリシラに傅《かしず》き、丁重に扱ってくれるだろう。

「ああ、早く会いたいな、ルシアン様……」

この世界はプリシラのための世界だ。

だから、プリシラは幸せになれる。

クローデットと王太子の婚約も、ヴィヴィアンが魔王を奴隷にしていることも、プリシラにとっては些末《さまつ》な問題であった。

特別書き下ろしストーリー……………秘密の赤

「ヴィヴィアン、これをやろう」

と、リーヴァイから包みを渡された。

珍しく――……というより、リーヴァイから何か贈り物をもらうのは初めてかもしれない。

十七歳の誕生日を迎えてから二週間ほど経つが、その贈り物にしては華やかさに欠けている。

受け取った包みはそれほど大きくないけれど、重みがあり、少し動かすとカチャカチャと高い音が聞こえる。申し訳程度に可愛《かわい》らしいリボンが付けられていた。

「この間、給金が出たのでな」

「まあ……もらっていいの？」

「そのために買った」

開けてみろ、と促されてリボンを外し、開けてみる。

中には透明な液体の入った小瓶《こびん》と赤い液体の入った小瓶、少し緑っぽい透明な液体の入った大きめの瓶があった。

「あら、これって……」

「爪紅《つまべに》と言うらしい。最近、若い女性の間で流行《はや》っているそうだ。街に出た使用人達が話していた」

この世界にも爪紅――……マニキュアがあるらしい。包みから小瓶を一つ取り出して光にかざすと、赤い液体が瓶の中でゆっくりと動き、僅《わず》かにキラキラと輝く。

「綺麗《きれい》ね」

そういえば、前世では爪の割れや欠け防止に淡い色合いのものは使っていたけれど、こんなに濃い色のものは使ったことがなかった。前世のわたくしでは似合わないかもしれないが、ヴィヴィアン・ランドローのわたくしならば、この鮮やかな赤色は似合いそうだ。

目の前にリーヴァイの手が差し出された。

「我が塗ってやろう」

どこか期待のこもった眼差《まなざ》しに、わたくしは包みをリーヴァイの手に渡した。

「そうね、せっかくだからお願いするわ」

窓辺のクッションなどが置かれたベンチスペースに移動して、二人で向かい合うように小さな窓辺の三面ベンチに腰掛ける。

右手を差し出せば、リーヴァイが透明な液体の入った小瓶を脇に置き、キャップを開けた。前世のマニキュアと同じく、キャップに小筆がついている。

わたくしの手を取り、リーヴァイがキャップをもう片手に持ち、わたくしの親指の爪に透明な液体を薄く塗っていく。

……塗り方も教わってきたのかしら？

「これは爪を保護する液だ。爪紅を塗る前にこれをつけておかないと、爪紅の色が爪に残ってしまうらしい。それに爪紅だけだと剝《は》がれやすいそうだ」

その辺りも前世のマニキュアと同じようだ。

リーヴァイは真剣な表情でわたくしの爪に保護液を塗る。慣れないからというのもあるだろうけれど、明らかに、リーヴァイの手の大きさに比べてキャップは小さく、扱いにくいのだろう。

それでも丁寧《ていねい》に保護液を塗ろうとしてくれる。

右手の指に保護液を塗り終えたリーヴァイが、今度はわたくしの左手を取る。

「保護液が乾くまで、触るな」

「分かったわ」

右手の爪が物に触れないように気を付けつつ、左手に保護液を塗ってもらうのを眺める。

どうしてか、誰かにマニキュアを塗ってもらう時はついその様子をじっくりと見てしまう。

右手で慣れたのか、左手のほうが塗り終えるのは早かった。

「爪紅を塗る前に少し乾かす必要がある」

ふう、とリーヴァイがわたくしの左手に息を吹きかける。少しくすぐったいような気がした。

しばらくして、リーヴァイが赤色の液体が入った小瓶を手に取った。

わたくしがもう一度右手を差し出すと、保護液の乾き具合を確かめてから、慎重な手つきで爪紅を塗り始める。保護液の時よりも更に丁寧に塗っている。そのおかげか色も均一で綺麗だ。

「ねえ、どうして赤を選んだの？」

なんとなく訊いてみれば、リーヴァイが答える。

「そなたは赤が好きだろう？　ヴィヴィアンの白い肌によく映えるし、瞳の色とも合っている」

確かに、わたくしは赤が好きだ。目の色と合うというのもあるけれど、華やかで、まるでバラのように見えるので、赤系統のドレスを多く持っている。

右手を塗り終えたリーヴァイが左手に移る。

爪紅の塗られた右手を光に当てると、やはり僅かにキラキラと輝いており、ラメのようなものが入っているようだった。

両手の爪紅が塗り終わり、乾かすために両手を広げたまま、リーヴァイに見せる。

「どう？　似合うかしら？」

「ああ、そなたには赤がよく似合う」

「ありがとう。わたくしも、この色が好きよ」

鮮やかな赤色が爪を美しく彩っている。

そこでふと、わたくしは思い出した。

……そういえば、前世では足の爪にも塗っていたわね。

しかし、ドレスを着ている状態で足元に手を伸ばすのは難しい。コルセットでそれほど腰も曲げられないし、ドレスのスカート部分の膨《ふく》らみもある。

「リーヴァイ、一つお願いがあるのだけれど」

声をかければリーヴァイが「なんだ？」と訊き返してくる。

踵《かかと》同士を合わせて靴《くつ》を脱ぎ、スカートの裾《すそ》から足先を出してリーヴァイの足を軽くつついた。

「足の爪にも塗ってちょうだい」

リーヴァイがキョトンとした顔をする。

それまで控えていた侍女《じじょ》が「ヴィヴィアン様……！」と思わずといった様子で声を上げた。

この世界の女性は基本的に足を晒《さら》すことは許されない。

見せるとしても足の大きさを測る時か、良くても家族、あとは結婚相手くらいのものである。

貴族でも同性の使用人以外には足を晒すことはない。

足は性的な部位に近いと考えられ、足を晒すことは『はしたない』と言われている。

前世の記憶があるわたくしからすると、こんなに胸元を出しているのもかなり『はしたない』ように感じるのだが、価値観の違いなのだろう。

「ヴィヴィアン様、異性に足を晒すなんて……！」

と言う侍女を手で制する。

「誰にでも晒すつもりはないわ。リーヴァイだけよ。それに彼にはもう寝間着姿も見られているし、わたくし達の関係はお父様達にも認めていただいているのだから、爪先《つまさき》くらい今更だわ」

ツン、と足先でリーヴァイの足をつつく。

わたくしとは違い、がっしりとした足の筋肉と骨の太さがズボンの上からでも感じられた。

寝間着姿だろうと、素足だろうと、リーヴァイなら見られても構わない。

侍女を手招きで呼ぶ。

「ショースのリボンを外して」

そう言えば、侍女は少し躊躇《ためら》ったものの頷《うなず》いた。

「リーヴァイ、少しの間だけ後ろを向いて」

「ああ」

言われた通り、リーヴァイが立ち上がると背を向ける。

その間に侍女が「失礼します」と声をかけてから、わたくしのドレスのスカートを上げてショース――現代で言う靴下――のリボンを外した。両足のショースを脱ぐとやや心許《こころもと》ないけれど、スッキリした感じがあって、少しだけドキドキと胸が高鳴る。

それを表情に出さないようにしてリーヴァイに声をかけた。

「もういいわ」

振り返ったリーヴァイがベンチに座り直したので、その膝に片足を乗せる。

リーヴァイの手が足首まで出ているわたくしの足に触れた。

「……ヴィヴィアンは足も細くて美しいな」

指の形を辿《たど》るように触れられると笑いが漏《も》れる。

「やだ、くすぐったい」

思わず引きそうになった足をリーヴァイの手が止めた。

「では、塗っても良いか？」

「ええ、もちろん」

リーヴァイがわたくしの足の爪に保護液を塗っていく。

暇潰しにもう片足でリーヴァイの足をツツと辿っていると、リーヴァイが口角を引き上げた。

「我が主人《あるじ》は随分《ずいぶん》と大胆《だいたん》だな？」

キャップを置いたリーヴァイが、わたくしの両足を掴《つか》み、するりと足首からスカートの裾下のふくらはぎまで手を滑らせて立ち上がった。

わたくしの両足の間に入り、膝のところまで体を入れられる。

「きゃっ!?」

予想外のことに悲鳴を上げたわたくしに、リーヴァイが悪い笑みを浮かべた。

「悪戯《いたずら》もほどほどにしないと痛い目に遭《あ》うぞ」

ベンチに座ったわたくしの両足の間にリーヴァイがいて、ドレスのスカートも乱れてしまい、リーヴァイの長い腕がわたくしの顔の左側に置かれている。

何も知らない者が見れば、そういうことをしているふうに見えるだろう。

侍女が真っ赤な顔であわあわと狼狽《うろた》えている。

これには、わたくしも降参する他なかった。

「ごめんなさい……調子に乗りすぎたわ……」

きっとわたくしの顔も真っ赤だろう。心臓がドッドッドッドッと早鐘を打って息苦しい。

大きな手がわたくしのふくらはぎを撫《な》で、腰を折ったリーヴァイがわたくしの耳元で囁《ささや》く。

「あまり男を弄《もてあそ》ぶものではない」

それから、リーヴァイが離れた。

侍女が急いでドレスのスカートの乱れを直す。

わたくしは赤い顔なのに、リーヴァイは気にした様子もなくわたくしの足に今度は爪紅を塗る。

しばらく黙って眺めていたけれど、なんだか面白くない。

こういう悪戯を仕掛けたのは今回が初めてだけれど、リーヴァイのほうが一枚上手《うわて》のようだ。

魔王の記憶を取り戻したリーヴァイからすれば、わたくしなんて子供に見えるのかもしれない。

今は王太子殿下の婚約者ではあるものの、やがては婚約破棄される予定だし、その後はきっと誰からも婚約を申し込まれることはない。あったとしても断るが。

それにしても、渾身《こんしん》の誘惑をあっさりやり返されたのは少しばかり自尊心が傷付いた。

「……あなたにとってはわたくしなんて子供なのね」

わたくしの呟《つぶや》きにリーヴァイが顔を上げた。

「子供相手にあのような意趣返《いしゅがえ》しはしない。だが、そなたは王太子の婚約者だ。何より、ここでそなたの計画が崩れては面白くないではないか」

「わたくしは今、面白くないわ」

「ヴィヴィアン、計画を完了するまでは他の男の婚約者になると決めたのはそなただろう？　一度決めたことはやり通すべきだ」

わたくしは誰よりもリーヴァイを愛している。

リーヴァイもわたくしを愛しているはずなのに、わたくしの誘いには全《まった》く乗らない。

そういうところが不思議で、魔族だから感覚が違うのか、それともリーヴァイが変わっているのか、わたくしには分からなかった。

わたくしが拗《す》ねていると両足に爪紅を塗り終えたリーヴァイが保護液を手に取り、わたくしの両手の爪に保護液を塗っていく。全て塗り終えるとリーヴァイの手が、わたくしの手を下から掬《すく》う。

「ああ、綺麗《きれい》だ。思った通りよく似合っている」

日の光が当たりキラキラと輝くわたくしの指を、リーヴァイがジッと熱心に眺める。

「あなたが選んで塗ってくれたから似合うのね」

「ヴィヴィアン、そなたは我に甘いな」

リーヴァイがおかしそうに笑う。

「そうね、あなたは特別だもの」

「我を愛しているからか」

リーヴァイがわたくしに口付けようとするのを指で止める。

「あら、ダメよ。わたくしは王太子殿下の婚約者だもの」

それにリーヴァイが、ははは、と珍しく声を上げて笑っていた。

「そうか、これはしてやられたな」

その後、爪紅が乾いたのでショースを穿《は》き直し、侍女に紅茶の用意をしてもらっていると、お兄様がわたくしの部屋に遊びに来た。

「爪、綺麗だね。ヴィヴィアンに似合っているよ。侍女に塗ってもらったのかい？」

と訊かれたのでわたくしは素直に答えた。

「リーヴァイに塗ってもらったのよ」

それに侍女が固まり、リーヴァイが忍び笑いを浮かべたことにお兄様は小首を傾《かし》げていた。

……足にも塗ってもらったなんて言えないものね。

わたくしもおかしくて笑ってしまう。

これはわたくし達だけの秘密である。

あとがき

初めましての方は初めまして、他でもご縁のある方はこんにちは。早瀬黒絵《はやせくろえ》です。

この度《たび》は本書をお買い上げいただき、ありがとうございます！

なんと「推し魔王様」も書籍化することとなり、しかも美しいヴィヴィアンとリーヴァイを見ることが出来て、とても幸せです。私の想像以上に美麗《びれい》なイラストでニコニコしながら眺めております。

私の「絵の綺麗な先生に描いていただきたいです」というアバウトな希望に、こんなに素晴らしいイラストを描く鈴《すず》ノ助《すけ》先生がお仕事を引き受けてくださるとは……！　予想外の出来事に驚きつつ、幸せを噛《か》み締めております。

悪役の道を原作乙女《おとめ》ゲームとは違う形で貫いて推しを生かそうとするヴィヴィアン、そんなヴィヴィアンを愛《いと》しいと思うリーヴァイ。一時は離れてしまった二人が再会出来て良かったですね。やはり、この二人は一緒にいてくれると嬉しいです。

誘拐《ゆうかい》されたヴィヴィアンが無事で、そして婚約破棄《はき》も行えて、計画通り！

しかし、クローデットの義妹・プリシラという存在の謎もまだ残っています。

その辺りも今後分かってきますので、次巻が出たらいいなと思っております(笑)。

家族、友人、小説を読んでくださる方々、出版社様、編集さん、イラストレーターの先生、多くの方々のおかげでこの本を出すことが出来ました。ありがとうございます!

またこのシリーズでお会い出来ることを願って。

二〇二四年　十二月　早瀬黒絵

ダッシュエックスノベルfの既刊

Dash X Novel F 's Previous Publication

『逆追放された継母のその後 ～白雪姫に追い出されましたが、おっきな精霊と王子様、おいしい暮らしは賑やかです！～ in 森』

まえばる蒔乃

イラスト／くろでこ

「継母なんて出て行って！」

王女スノウの継母に任命された公爵令嬢ロゼマリアは、スノウのその一言で森へあっという間に追放された。だが、継子を虐《いじ》める継母になる夢を見続けていたロゼマリアは正夢とならなかったことに安堵。追放先の森で隣国の王子リオヴァルドとルイセージュと出会い、使役することになった大型犬や鏡の精霊ラブボと共にりんごスイーツや毛織物を売って楽しく充実した日々を送る。しかし、ロゼマリアを恐れるスノウが森を焼く計画を企てており――!?

天才魔術師ロゼマリアのドキドキスローライフコメディ！

Dノベルf

推し魔王様のバッドエンドを回避するために、
本人を買うことにした。

早瀬黒絵

2024年12月10日　第1刷発行

★定価はカバーに表示してあります

発行者　瓶子吉久
発行所　株式会社　集英社
〒101－8050　東京都千代田区一ツ橋2－5－10
03(3230)6229(編集)
03(3230)6393(販売／書店専用)　03(3230)6080(読者係)
印刷所　大日本印刷株式会社
編集協力　加藤　和

ISBN978-4-08-632035-1　C0093

Printed in Japan

作品のご感想、ファンレターをお待ちしております。

あて先

〒101－8050　東京都千代田区一ツ橋2－5－10
集英社ダッシュエックスノベルf編集部　気付
早瀬黒絵先生／鈴ノ助先生